Translation Works of Haruki Murakami

村上春樹翻訳 ほとんど 全仕事

村上春樹

中央公論新社

村上春樹 翻訳（ほとんど）全仕事

目次

村上春樹 翻訳（ほとんど）全仕事

まえがき

僕はこれまでけっこう長いあいだ小説家として仕事をしてきたけれど(今年でデビューしてから三十八年になる)、実際に机に向かって小説を書いていた期間というのは、考えてみるとそんなに長くはない。小説を書いているよりは、書いていない期間の方が多かったのではないかという気がするくらいだ。もちろんタイムカードを押してから机に向かうわけではないので、正確に時間計算はできないわけだが、感覚的にはそんな風に思える。なぜなら、少なくとも僕にとっては、小説を書くというのはけっこう骨の折れる作業だからだ。ずっとそんなことばかり続けていたら、神経がやられて、頭がおかしくなってしまうに違いない(今でも少しくらいおかしくなっているかもしれないけど)。

だいたいにおいて、僕は注文を受けて小説を書くということをしない。書きたくなったら書くし、書きたくなければ書かない(そのかわり書くときには脇目もふらずに集中して書く)。キャリアの比較的初期の段階から、そうしようと決めてずっとそうしてきた。書きたくもないときに小説を書かなくてはならないというのは、まったく拷問に近いことだから。「今はあまり小説は書きたくないな」という時期はかなり多く長くある(あるいはそういう時期の方が長いかもしれない)。おかげで編集者にはずいぶん苦情を言われたけど、気にせずに好きなようにやっていたら、そのうちに向こうも「しょうがない」と思ってあきらめてくれた(たぶんあきらめてくれたのだと思う)。

じゃあ、小説を書いていないときには何をしているかということになるわけだが、僕の場合、だいたいは翻訳をしているみたいだ。エッセイ連載みたいなこともたまにはやるけれど、週に一度の連載を一年くらい続けると、手持ちのネタはほとんど尽きてしまう。だからそれほど熱心にはやらない。それよりは翻訳をやっている方がよほど楽しい。ネタ——翻訳したいテキスト——はそれこそ山のようにあるし、自分のつたない世界観や考え方をいちいちパッケージして商品化するような必要もないし(とても面倒だ)、それにだいいち文章の勉強になる。人に会う必要もなく、一人で自分のペースで仕事を片付けていくことができる。おまけにこつこつとやっていれば、いくばくかのお金になる。こんな良いことはない。最初の頃はコツがわからなくて、いろいろと失敗もしたが、そのうちに慣れてきて、ノウハウもある程度身につけ、それなりに楽しめるようにもなった。

なぜ翻訳するのが好きなのか？　という質問に対する返答はなかなかむずかしい。英文翻訳をするのは昔から（たぶん高校生の頃から）理屈抜きで好きだったし、その気持ちは今でもまったく変わらないからだ。よその国の言葉で書かれたものごとを、こちらの国の言葉に置き換えていくこと、それもできるだけ上手に置き換えていくこと。横向きに書かれた文章を、よっこらしょとうまく縦向きに変えてしまうこと。そういう作業が僕にとってはなにしろ面白くてたまらないのだ。それはもう「個人的傾向」という言葉でしか括《くく》れないものであるような気がする。そして自分の中に終始変わらずある個人的傾向を、あらためて言葉で他者に説明するのはとてもむずかしいものだ。

うまく説明はできないけど、とにかく翻訳という作業が好きで、小説を書いている時期であっても、時間が余ればつい翻訳に手が伸びてしまう。好きな音楽を聴きながら、好きなテキストを翻訳をしていると、とても幸福な気持ちになれる。

もちろん翻訳が楽な仕事だとは言わない。というか（自分で言うのもなんだけど）なにかと苦労の多い、骨の折れる仕事だと思う。細かいところにこだわっていると、それこそキリがない。コスト・パーフォーマンスを考えれば、それだけで生計を立てるのはむずかしいところもあるだろう。でももともと翻訳という作業が好きなので、そういうのを苦労だと思うことはあまりない。あえて言えば、苦労を前向きに楽しんでいるところさえある。そうでなければ、こんなにたくさんの翻訳の仕事をこなしてこられなかったはずだ。能力云々という前に、人には間違いなく向き不向きというものがあるし、僕の場合、翻訳という作業は根っから性格に向いていたのだと思う。そしてそういう「向いたもの」にうまく巡り会えただけでも、僕の人生の幸福度の目盛りは、確実にいくつか刻み目を上げることができたと思う。

もうひとつ重要なことは、これまでの人生において、僕には小説の師もいなければ、文学仲間みたいなものもいなかったということだ。だから自分一人で、独力で小説の書き方を身につけてこなくてはならなかった。自分なりの文体を、ほとんどゼロから作り上げてこなくてはならなかった。そして結果的に（あくまで結果的にだが）、優れたテキストを翻訳をすることが僕にとっての「文章修行」というか、「文学行脚」の意味あいを帯びることになった。翻訳の作業を通して、僕は文章の書き方を学び、小説の書き方を学んでいった。いろんな作家の文章・物語という「靴」に自分の足を実際に突っ込んでみることによって、自分自身の小説世界を立ち上げ、それを自分なりに少しずつ深め、広げていくことができた。そういう意味では翻訳を通して巡り会った様々な作家たちこそが僕の小説の師であり、文学仲間であった。もし翻訳というものをやってこなかったら、僕の書いている小説は(もし書いていたとしても)、今とはずいぶん違った形のものになっていたはずだ。

これまでやってきた翻訳の仕事について、なんらかの形で本としてまとめておきたい、一冊一冊について少しばかり語っておきたいというのは、しばらく前から僕の頭にあったことだった。でもどの時点でとりあえず締め括ればいいのか、そのタイミングを測りかねていた。翻訳書の数が日ごとに増えていくので、適当な「区切り」を見つけることができなかったのだ。でもいつまでもずるずる先延ばしにしているわけにもいかないし……ということで、最初の翻訳書刊行からおおよそ三十五年を経た段階で、思い切ってこのような本を編むことになった。僕が翻訳する本の数はこれからもたぶん増えていくだろうが、そのときはそのときでまた考えればいいだろう、と。

それにしても、この本をつくるために、これまでに翻訳した英文テキスト（全部は残されていないけれど）と訳書を一カ所にまとめて積み上げてみて、そのあまりの数の多さに自分でもいささかたじろいでしまった。数えてみると、だいたい七十冊くらいはある。僕は本職が小説家なので、翻訳はいちおう副業ということになっているのだが、副業にしてはずいぶんな仕事量だ。へえ、こんなにたくさん仕事をしてきたんだ、と考え込んでしまった。もちろんそこにいくらかの誇りも含まれているわけだが、それと同時に（それよりはむしろ）「ほんとにこれでよかったのかな？」と怯《おび》えを感じてしまうことになる。僕なりにベストを尽くして取り組んだつもりではあるけれど、うっかり間違えてしまったところも多いだろうし、僕より上手な翻訳ができる人だっておそらく他にいたに違いない。自作の小説の場合は、「気に入るかどうかはわからないけど、僕はこうとしか書けなかったし、とにかくこれは僕にしか書けないものなんだ」と、いざとなれば開き直ることもできるけれど、翻訳に関してはそんな偉そうなことはとても口にできない。「つたないものですが、もしよかったら読んでみてください」と謙虚に頭を下げるしかないような気がする。

そういう風に自分の創作と、翻訳の仕事とを、長期にわたって交互にやってこられたのは、僕の精神性にとっておそらく健全なことだったんだろうなと推測する。自由に好きにやれることと、制約の中でベストを尽くさなくてはならないこと。どちらか一方だけの人生だったら、やはりちょっと疲れていたかもなと思わなくもない。そういう意味ではたしかに恵まれていたと思う。

ときどき「おまえの書く小説はあまり好きではないが、おまえの翻訳はなかなか悪くない」とおっしゃってくれる方もいて（もちろんもう少し婉曲な言い方ではあるけれど）、それはそれで僕としては嬉しく思う。何も褒められないよりは、少しでも何かを褒められた方がもちろんいいということもあるけれど、そこには、「僕は僕なりに何かをかたちにして残してくることができたんだな」という達成感のようなものがあるからだ。もちろん自分自身の小説だって、かたちとしてはいちおう残されているわけだが、翻訳書の場合はそれとはまた少し違った種類の「かたち感」なのだ。あるいはそれは「貢献」に近いものなのかもしれない。自分の創作の場合は、そういう「貢献」という感触はまず持てないから（そこで持てる感触はもっとべつのものだ）。

ここにこうして集めた僕の翻訳書を順番に眺めてみると、「ああ、こういう本によって、こうして自分というものが形づくられてきたんだな」と実感することになる。ただただ自分の楽しみのために訳した本もあれば、「よし、今回はこれに挑戦してやろう」と意を決して、腹を括って作業に臨んだ本もある。いずれにせよ、それらの本によって僕は形づくられてきたのだ。いつも言うことだけど、翻訳というのは一語一語を手で拾い上げていく「究極の精読」なのだ。そういう地道で丁寧な手作業が、そのように費やされた時間が、人に影響を及ぼさずにいられるわけはない。

とにかくここに並べた一群の書物が、僕がこれまで翻訳したもののほぼすべてです。こういう本を世に出せたことは、僕にとってはまさに大きな喜びである。一九八〇年に文芸誌「海」にフィッツジェラルドの短篇小説の翻訳をいくつか載せてもらったときには（それが僕の翻訳家としての実質的なデビューだった）、ここまでたくさん翻訳を手がけるようになるなんて夢にも思わなかった。感無量とまでは言わないけど、汗をかきながら高い山を登ってきて、ふと振り返って麓を見渡したときのようなある種の感慨はある。歳月が奪っていくものもあれば、歳月が残していってくれるものもある。

本書の編集にあたっては、中央公論新社の横田朋音さんにたいへんお世話になった。横田さんは大学を卒業して新入社員として中央公論社に入ったその年から、僕の担当編集者としてついてくれて、『レイモンド・カーヴァー全集』を全巻手がけ、それ以来三十年近くにわたって楽しく一緒に仕事をしてきた。その有能な仕事ぶりにあらためて謝意を表したい。しかし時の経つのはなにしろ速い。

本書の僕のコメントや対談のまとめについては星野真理さんにとてもお世話になった（彼女の翻訳したレイモンド・カーヴァーの伝記は見事な労作だ）。またうちの書庫からこれだけの数の本を引っ張り出して、一日がかりでひとつひとつ丹念に撮影してくださった写真家の大社優子さんのご苦労にも深く頭を下げなくてはならない。

それからもちろん、長年にわたって僕の翻訳業の師匠役（年齢は僕の方が少し上だけど）をつとめてくれた柴田元幸さんにも深く深く感謝したい。翻訳家としての柴田さんのずば抜けて高い能力と、その痩身に収められた桁外れのエネルギーに関しては、いつもただ唖然とするしかない。もし彼に出会わなかったら、僕の翻訳家としてのキャリアは間違いなく、遥かに見栄えのしないものになっていたはずだ。

二〇一七年一月

村上春樹

翻訳作品クロニクル

一九八一－二〇一七

1981
–2017

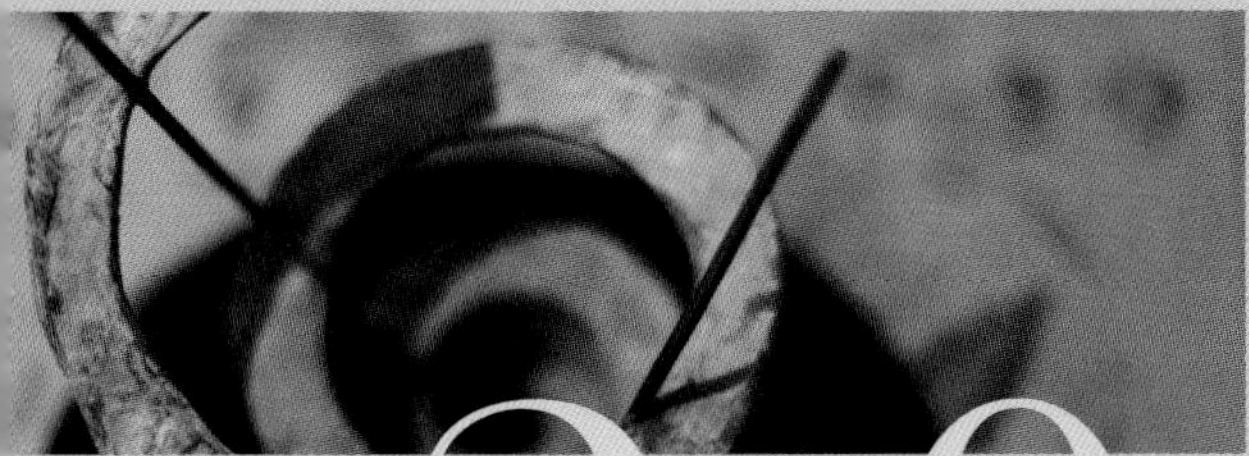

歌を聴け』と『1973年のピンボール』に関しては、その当時から内容にあまり納得できていなかったと思う。僕が本当に書きたいと思うのはもっと違う小説だったんです。だからというか、小説を書くよりは、翻訳をやっているほうがまだ気楽だし、やりがいがあるような気がしていた。

今から考えると、まったくの未経験なのに最初からフィッツジェラルドなんて、「よくそんな大それたことを」と思うし、けっこう難しいものをよく訳したなと冷や汗が出るけれど、当時はやってみたいという一心で、ただただ熱意しかなかった。

だから、フィッツジェラルドの作品の中でも最初に訳したのは、それほど難度の高くない初期の作品や、それまで訳されていなかったものが中心になりました。たとえば「氷の宮殿」なんかはフィッツジェラルドが若い頃に書いた、青春の香りの漂う作品だし、「哀しみの孔雀」は、1971年にアメリカの「エスクァイア」誌に掲載された、それまでは未発表の作品だった。そういうものを訳していると幸福だったし、やりがいもあった。

そしてこの作品集『マイ・ロスト・シティー』が、僕にとって初めての翻訳書となった。

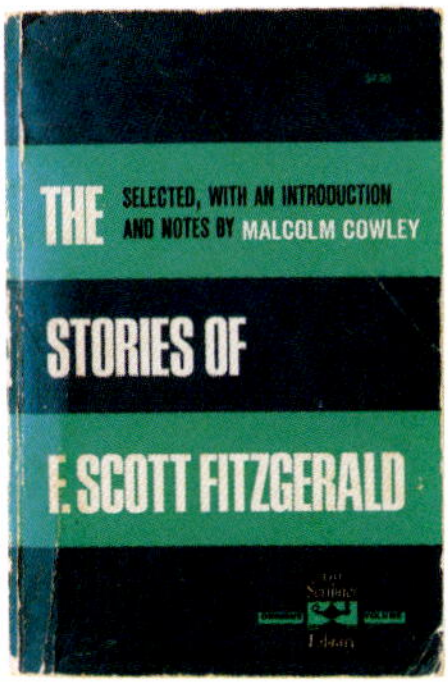

スコット・フィッツジェラルド
1981年5月　中央公論社

マイ・ロスト・シティー（短篇とエッセイ）

＊オリジナル・セレクション

My Lost City

翻訳を始めたのは、スコット・フィッツジェラルドを訳したいというのがそもそもの動機だった。僕が小説を書き始めた70年代の終わりごろには、フィッツジェラルドという作家は日本ではそれほどポピュラーではなく、作品の多くは絶版状態になっていて、なんとか少しでも自分の手で翻訳することができればと思った。小説を書く前から、趣味の翻訳みたいな感じでコツコツとやっていたのです。発表できるというあてもなく。

で、あるとき突然小説を書いちゃったわけだけど、当時は小説の書き方もまだよくわかっていなかったし、ただ好きなことを好きなように書いていた。『風の僕が訳したフィッツジェラルド作品が中央公論社の文芸誌「海」に掲載されたあと、もっと他にやりたいものはないかと聞かれた。そこで、「レイモンド・カーヴァーというとても面白いアメリカの作家がいるんだけど」と言ったところ、「じゃあ、それをやってくれ」ということになった。

きっかけは、あるアンソロジーで「足もとに流れる深い川」というカーヴァーの短篇に出会って感銘を受けたことだった。「この人はすごい！」とそのとき思った。それから彼の本を熱心に読んで、面白そうなものを選んで訳した。レイモンド・カーヴァーという作家は、そのころはまだアメリカでもほとんど知られていなくて、この時点で短篇集の一冊一冊をぜんぶやるのはちょっとしんどかったから、日本の読者にも受け入れられやすそうなものを選んで訳していくことにした。

最初に訳したフィッツジェラルドは1920～30年代の小説であるのに対して、こちらはばりばり現代の、出てきたばっかりの作家。そういうリアルタイムの作品を訳すのは僕にとっては新鮮で面白い体験だった。

レイモンド・カーヴァー
1983年7月　中央公論社

ぼくが電話をかけている場所（短篇集）

＊オリジナル・セレクション

Where I'm Calling From

レイモンド・カーヴァー
1985年7月　中央公論社

夜になると鮭は…… (短篇、詩、エッセイ)

＊オリジナル・セレクション

At Night the Salmon Move

僕がレイモンド・カーヴァーの作品を訳し始めた当時は、彼はアメリカでもぜんぜん有名な作家ではなかった。アメリカ人と話していても、「カーヴァー？　それ誰？」みたいな反応が多かったことを記憶している。でも日本の読者の反応はとても良かった。

この二冊目の作品集には、短篇五篇とエッセイ、「夜になると鮭は」など三篇の詩を選んで翻訳した。

カーヴァーの書く文章自体は、英語として決して難しいものではない。でもそれを日本語に訳していくのはなかなか骨が折れる。流れの勢いみたいなものが必要になってくる。だからかえって、僕には向いていたかもしれない。カーヴァーみたいなものを訳すのは苦手だという人はけっこういると思うけど、僕はわりに波長が合うというか、場の空気みたいなものがわりに自然につかめたから、そういう面では楽だった。

詩の翻訳は難しいからやったことがなくて、このときが初めてだった。でもカーヴァーの詩は、独特の散文的なスタイルのものが多く、訳していてなかなか面白かったです。

その他のオールズバーグ作品（いずれも絵本）

河出書房新社　1990年11月

ハリス・バーディックの謎
The Mysteries of Harris Burdick

河出書房新社　1993年6月

魔法のホウキ
The Widow's Broom

河出書房新社　1994年9月

まさ夢いちじく
The Sweetest Fig

河出書房新社　1996年4月

ベンの見た夢
Ben's Dream

河出書房新社　2003年11月

いまいましい石
The Wretched Stone

あすなろ書房　2004年9月

2ひきのいけないアリ
Two Bad Ants

あすなろ書房　2005年9月

魔術師
アブドゥル・
ガサツィの庭園
The Garden of Abdul Gasazi

河出書房新社　2006年12月

さあ、
犬になるんだ！
Probuditi!

クリス・ヴァン・オールズバーグ
1985年9月　河出書房新社

西風号の遭難
（絵本）

The Wreck of the Zephyr

これは例外的に依頼を受けて取り組んだ仕事だ。僕はオールズバーグの絵が前々から好きだったから、渡りに船という感じで喜んで引き受けた。

彼の絵本はその後もたくさん訳したけど、この人は話が先にあって、それに合わせて絵を描くのではなくて、先に絵が頭に浮かんで、その絵に合わせて話が進んでいくという感じがある。いわゆる子ども向けのお話のパターンに沿っていないから、何が起こるか予想がつかない。次はどうなるんだろうと、子どもがページをめくって見るのと同じような感覚で、興味をもって訳すことができます。彼のお話で面白くないなとか退屈だなと思ったことはいちどもないし、訳していて飽きない。頭で筋を作っているのではない、そういう自然さが僕は好きなのだと思う。

河出書房新社　1987年12月

急行「北極号」

The Polar Express

河出書房新社　1989年8月

名前のない人

The Stranger

『熊を放つ』はアーヴィングの処女作で、僕が最初に読んだアーヴィングの小説でもある。これと『ウォーターメソッドマン』と『１５８ポンドの結婚』の三作品は、アーヴィングが『ガープの世界』でブレイクするより前の作品で、当時彼の小説はアメリカでもそれほどは売れていなかった。

その後の『ホテル・ニューハンプシャー』などの作品はみんなベストセラーになって、僕ももちろん好きだったけど、どちらかといえば他の人がやらないようなものを翻訳したいというのが、僕のひとつの方針だったから、翻訳者としては手がける機会がなくなった。『熊を放つ』を訳しているときに、ちょうどヨーロッパに行ったので、取材を兼ねて、小説の舞台になっているウィーンのシェーンブルン動物園を訪れ、毎日いろんな動物を見てまわって、楽しかったことを覚えている。

その後、ニューヨークへ行ったときに、インタビューをしたいとアーヴィングに申し入れたら、セントラルパークでジョギングをするから、そのときにしようと言われた。いっしょに走っているときに、“Horse shit! Horse shit!（馬糞に気をつけて！）”と彼が叫んでいたことしか覚えてなくて、インタビューでどんなことを話したか今となってはほとんど記憶にない。親切な人でした。

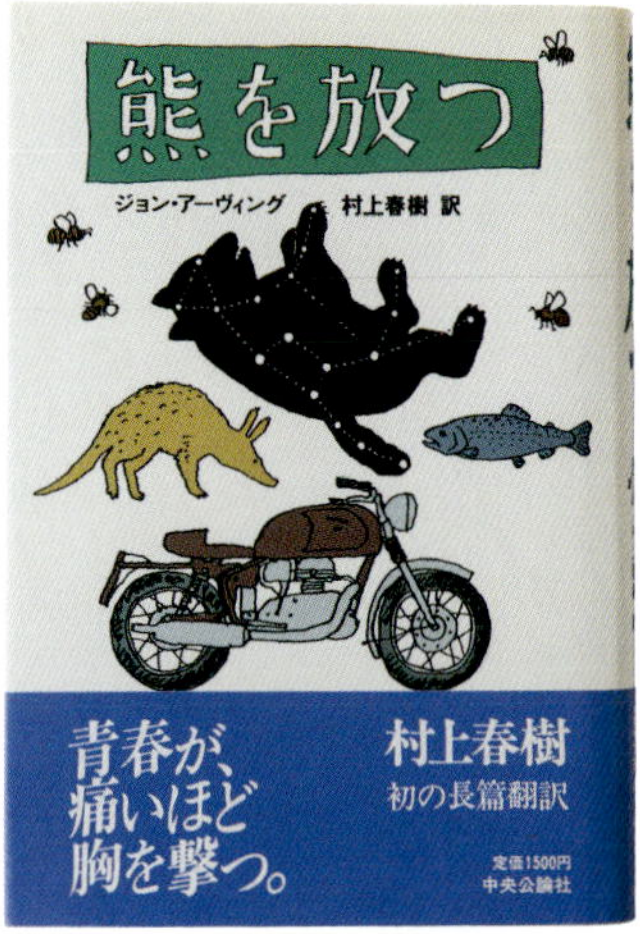

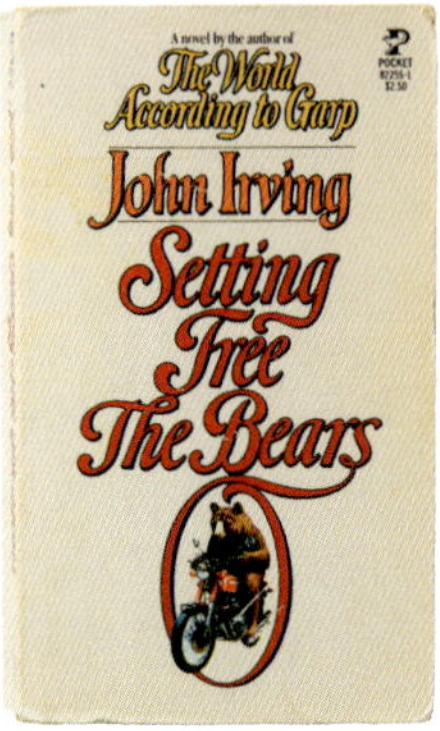

ジョン・アーヴィング
1986年5月　中央公論社

熊を放つ（長篇小説）

Setting Free the Bears

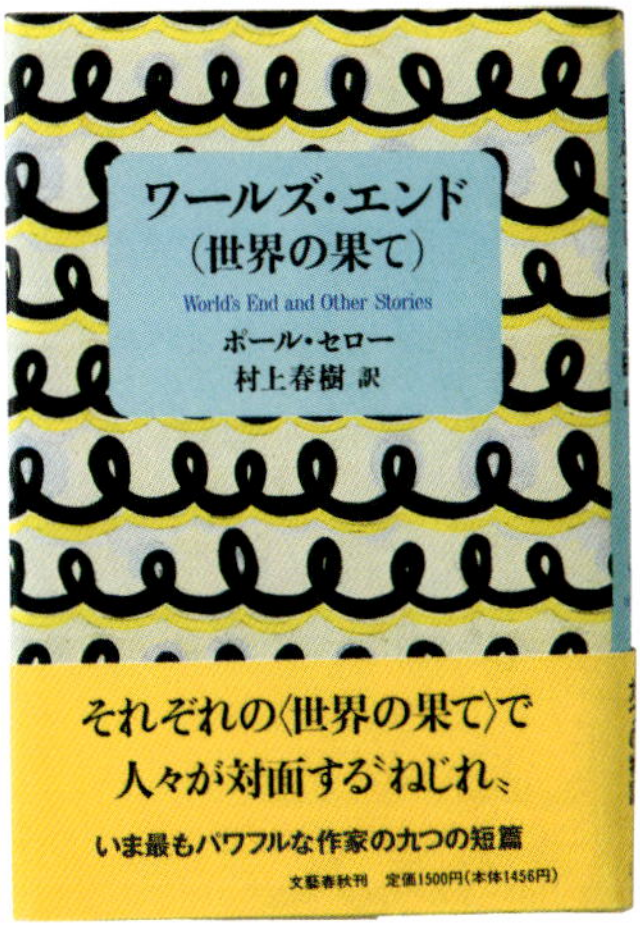

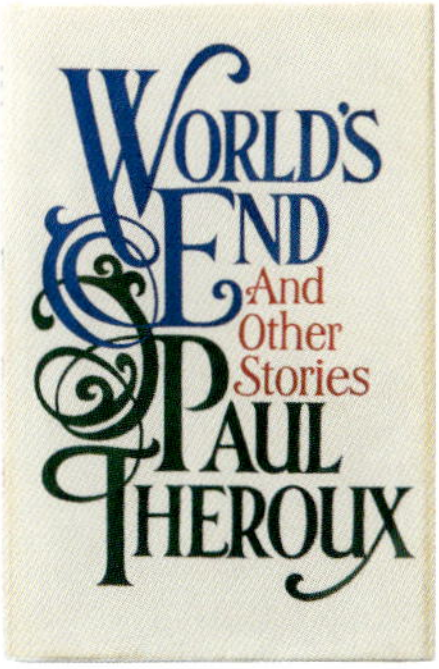

ポール・セロー
1987年7月　文藝春秋

ワールズ・エンド（世界の果て）

（短篇集）

World's End and Other Stories

これは、たまたま手にとって読んですごく気に入った短篇集。僕はその後、作者のポール・セローと仲良くなった。ときどき一緒に食事をする。彼の作品としてはほかに、『バースデイ・ストーリーズ』に「ダイス・ゲーム」（長篇小説“Hotel Honolulu”からの抜粋）を入れた。旅行記が有名な作家だが、フィクションにもいろいろ面白いものがある。これからも少しずつ訳したいと思っている。

ところで、この『ワールズ・エンド』に収録されている「緑したたる島」はなんと実話で、若き日のポールは小説と同じように女の子を妊娠させてしまって、いっしょにプエルトリコに駆け落ちしたらしい。彼女とは結局別れたのだが、そのときに生まれた息子と、このまえ初めて会ったと彼は話していた。息子は養子に出され、その後株か何かで大儲けをして、四十歳になる前に会社を売って、今は高級住宅地マーサズ・ヴィニャードで悠々自適の生活をしているそうだ。ポールはその近くのケープコッドでよくカヤックを漕いでいるのだが、あるときたまたまそこで出会った若い男と話をしてみると、それがなんと自分の息子だったという、信じられないような展開になった。事実は小説より奇なり。

C.D.B. ブライアンがフィッツジェラルドと『グレート・ギャツビー』に捧げたオマージュ。そういう意味でぜひ訳してみたかった。あまり読む人の多い本ではないけど、この小説、僕は今でも好きです。

一般的評価とはべつに、個人的にどうしても好きな小説ってある。だれがなんと言おうと好きなものは好きだというものを訳すのは、やはりすごく楽しい。それこそ翻訳の醍醐味と言っていいかもしれない。この『偉大なるデスリフ』も、僕が訳さなければだれも訳さないだろうなと思った。

当時の僕は、都会派の小説みたいなものに、けっこう強く心を惹かれていたと思う。当時の日本では、観念的なものや泥臭いもの、あるいはアラン・ロブ＝グリエのような、いわゆる純文学的なものがもてはやされていた。もちろんそういう小説も大事なんだけど、でもそれと同時に、都市に住む若い人々の生活に密着した、そして新鮮な瑞々しい感覚を含んだ小説スタイルも紹介していきたかった。一方でこういう小説の書き方もあるんですよ、と。『偉大なるデスリフ』はそういう意味では僕の好みにぴったりした作品だった。

C.D.B. ブライアン
1987年11月　新潮社

偉大なるデスリフ（長篇小説）

The Great Dethriffe

トルーマン・カポーティ
1988年3月
文藝春秋

おじいさんの思い出（短篇小説）

I Remember Grandpa

トルーマン・カポーティ
1989年12月
文藝春秋

あるクリスマス（短篇小説）

One Christmas

トルーマン・カポーティ
1990年11月
文藝春秋

クリスマスの思い出（短篇小説）

A Christmas Memory

カポーティはいうなれば、僕の初恋の作家。“The Headless Hawk（「無頭の鷹」）”の冒頭の文章を、高校生のときに英文和訳の参考書で訳して以来、しっかりはまってしまっている。初めて読んだとき、こんな素晴らしい文章を書ける人が世の中にいるんだと、ほとんど痺れてしまった。感電状態。とはいえカポーティの文章って、感覚的な部分が多いから、日本語に翻訳するのはなかなか簡単ではない。だから“The Headless Hawk”はすごく好きだったけど、そのあたりのいわば「ディープ・カポーティ」的な作品の翻訳は、もう少し腕がよくなってからにしようと思って、大事にあとまわしにしていた。

カポーティはそのキャリアの中で、すごくシンプルな文章と、凝りに凝った濃密な文章を、うまく書き分けている。大まかにいうと、田舎で育った少年時代を中心とした素朴な世界を描く文体と、流麗精緻な都会的文体の二つに分かれている。文章家としてはとても興味深い人です。

最初に訳したこれら三作品は、無垢な子どものイノセントな世界を描いたもの。カポーティはシンプルな文章でシンプルな物語を書いている。これもすごく魅力的な世界です。

まだ日本ではメジャーではなかったフィッツジェラルドを、少しでも多くの人に知って欲しいという気持ちでつくった本。短篇小説二篇のほかに、フィッツジェラルドの妻ゼルダの評伝などエッセイ八篇と、フィッツジェラルドゆかりの地を訪ねた僕の紀行文を収録した。

ゼルダの故郷であるアラバマや、フィッツジェラルドの故郷のミネソタ、そして在学したプリンストン大学、作品に出てくるニューヨークのあちこちの場所、そういうところを自分の足でめぐって書くというのは、前々からすごくやりたかったことで、そのとき目にした風景みたいなものは、今でも鮮やかに心に残っている。そういう体験って、翻訳をするうえでもずいぶん役に立つことです。

そのときに訪れたプリンストン大学には後日、縁あって二年半ばかり在籍することになる。

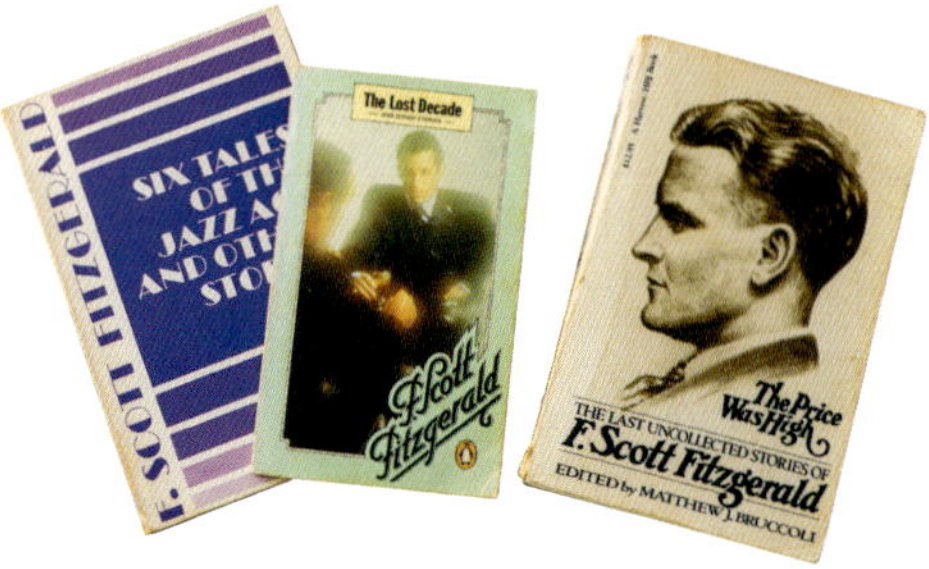

村上春樹 著訳
1988年4月　TBSブリタニカ

ザ・スコット・フィッツジェラルド・ブック（短篇とエッセイ）

＊オリジナル・セレクション

The Scott Fitzgerald Book

村上春樹、柴田元幸、畑中佳樹、
斎藤英治、川本三郎訳
1988年9月　文藝春秋

and Other Stories
とっておきの
アメリカ小説12篇

（短篇集）＊オリジナル・セレクション

and Other Stories

アメリカの作家の短篇小説を中心にしたアンソロジー。

ジョン・アーヴィングの『熊を放つ』を訳したときに手伝っていただいた柴田元幸氏、斎藤英治氏、畑中佳樹氏の三氏に、同じくアーヴィングの『ウォーターメソッドマン』を柴田氏と共訳した川本三郎氏が加わり、それぞれが気に入っている小説を持ち寄った。

みんな自由になんでも好きに持ち寄っていいという方針だったので、作品の選択にはそれぞれの訳者の好みが非常にくっきりと現れています。

W・P・キンセラの「モカシン電報」やウィリアム・キトリッジの「三十四回の冬」など、かなりマイナーだった作家の作品をここで翻訳して発表できたことは、僕にとっても大きな喜びだった。

ささやかだけれど、役にたつこと

（短篇集）＊オリジナル・セレクション

A Small, Good Thing

これはカーヴァーが亡くなった翌年、追悼の意味を込めて編んだ一冊で、僕の訳した三冊目のレイモンド・カーヴァー作品集になる。この頃になると、日本でのカーヴァーの評価も高くなってきていた。

表題作の「ささやかだけれど、役にたつこと」という短篇小説は、僕は本当に好きな作品。読んでいて胸が熱くなります。

カーヴァーという作家は、僕が訳し始めた頃からどんどんうまくなっていって、また書くものの内容もどんどん深くなっていき、目の前でこんな風に成長していく作家は見たことがなかったから、「すごいなぁ」とただ感心していたものだ。作家というのはこうじゃなくちゃなあと思った。

カーヴァーの作品の中でも、「ささやかだけれど、役にたつこと」や「大聖堂」は、圧倒的に素晴らしいと今でも思う。アメリカ文学史に残る名作だ。

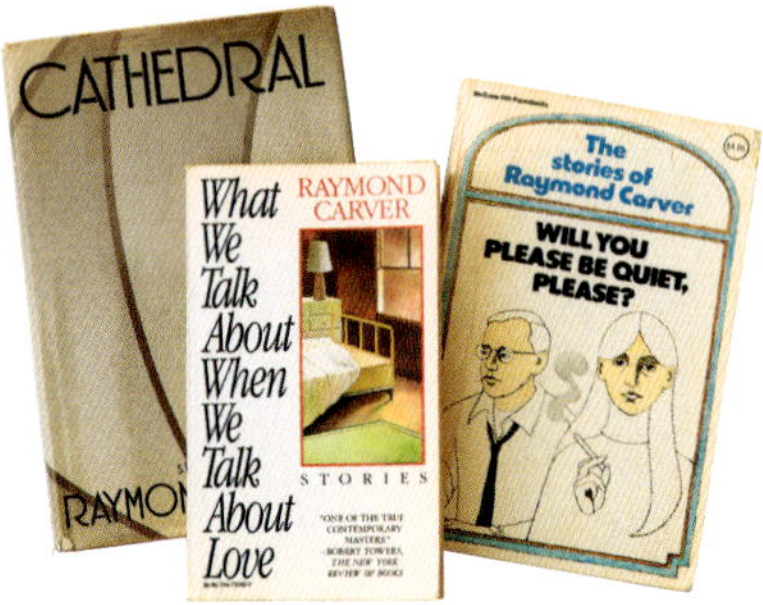

レイモンド・カーヴァー
1989年4月　中央公論社

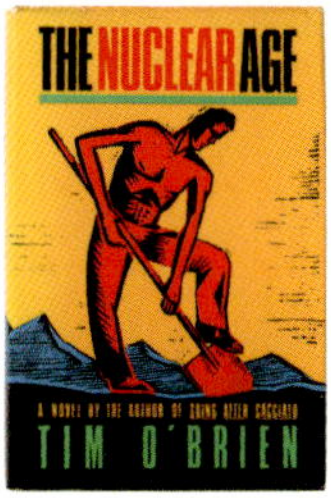

ティム・オブライエン
1989年10月　文藝春秋

ニュークリア・エイジ 上・下（長篇小説）

The Nuclear Age

　これはどこまでも個人的な好みで選んだもの。とにかく作品に惚れ込んで訳した、という以外に表現する言葉がない。

　年齢も僕と近く、僕と同じ世代の作家だというたしかな共感があった。『カチアートを追跡して』もその時点ではまだ翻訳出版されておらず、ティム・オブライエンは僕が発見した、僕の作家だという感じがすごく強い（厚かましいみたいだけど）。だから少しでもたくさんの人に手にとって読んでほしいという気持ちがあり、熱意というか、情熱を込めてしっかり訳しました。

　内容的にいえば、相当荒っぽい小説です。きれいにきちんとまとまっている、という話ではまったくない。瀬戸物屋の中で牛が暴れているみたいな小説だけど、この話の何がいちばん好きなのかというと、やっぱりまっ正直なところだと思う。ティム・オブライエンというのは、何よりもまず自分の心を直視しようとする作家です。余計な回り道をしない。物語を武器として、まっすぐものごとの核心に切り込んでいく。そのまっすぐさがすごく好きだった。彼の姿勢がまっすぐであればあるほど、物語が不思議なよれ方をしていくんです。そこが小説として面白い。

　彼はベトナム戦争に従軍しているんだけど、従来の戦争小説とはまったく違うアプローチをしているところがすごい。

大聖堂（短篇集）

Cathedral

カーヴァーは1988年に癌で亡くなった。僕はそのときイタリアで暮らしていたのだが、その知らせを聞いて「彼の作品はとにかく全部、自分で訳そう」と決心した。僕がやり始めたんだから、僕がやり終えるしかないだろうと。それまでは僕のセレクションで作品を選んで訳してきたのだが、これからはオリジナルのフォームに沿って、一冊一冊訳していくことにした。そのようにして全集の刊行が始まり、最初に出したのが『大聖堂』だった。これはカーヴァーの作品群の中でもおそらくいちばん大きな意味を持つものだ。だからずいぶん気合いを入れて訳した。

訳しながら、このような素晴らしい作家を失ってしまったことの意味を痛感することになった。とにかく見事な短篇小説集だ。カーヴァーは短篇小説というものの形を、ここであらためて仕切り直した。その意義はきわめて大きい。

僕はカーヴァーに「日本に是非来てください。ここにはたくさんのあなたの読者がいるから」と声をかけて、彼もその気になっていたのだが、病気のせいでそれは実現しなかった。とても残念だ。

レイモンド・カーヴァー全集3（第1回配本）
1990年5月　中央公論社

僕がレイモンド・カーヴァーという作家にめぐり合ったのは、すごくラッキーなことだったと思う。彼の作品を訳していくことが、僕の翻訳者としての活動のひとつの柱になった。もちろん、フィッツジェラルドもひとつの柱だけど、カーヴァーという現役作家の柱ができたことの意味は、とても大きかった。

僕もまだ小説家として出てきたばかりだったから、小説を書く方法みたいなものは、カーヴァーから学んだことがたくさんある。僕が彼から学んだいちばん大事なことは、「小説家は黙って小説を書け」ということだったと思う。小説家にとっては作品が全てなのだ。それがそのまま僕の規範ともなった。

レイモンド・カーヴァー全集2(第2回配本)
1990年8月　中央公論社

愛について語るときに我々の語ること(短篇集)

What We Talk About When We Talk About Love

本当の戦争の話をしよう（短篇集）

The Things They Carried

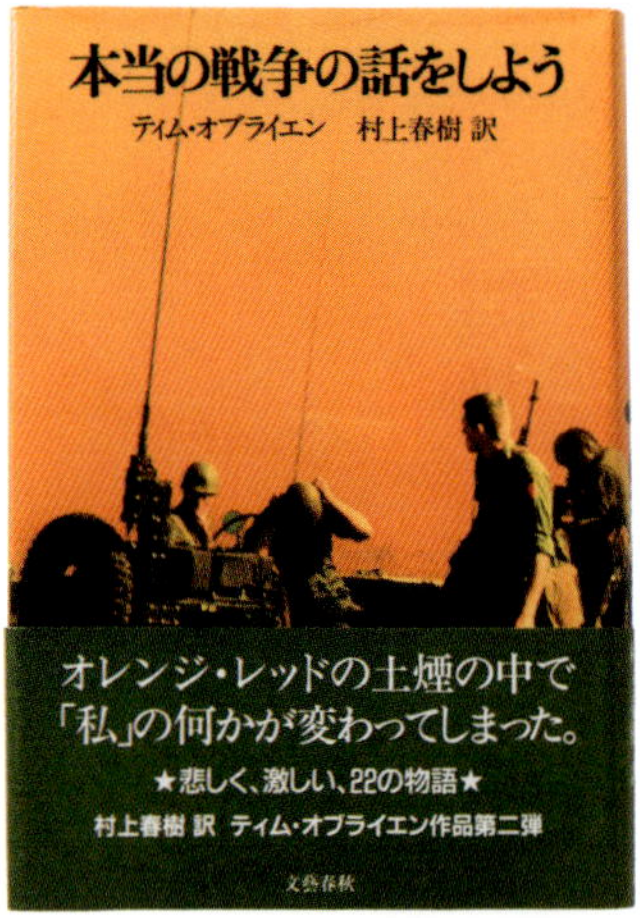

ティム・オブライエン
1990年10月　文藝春秋

ここに収められたティム・オブライエンの短篇小説の大半は、アメリカの雑誌に掲載された。僕は雑誌に出ていた頃から、ひとつひとつ順番に訳していたのだけど、一冊の本にまとめられたものを通して読んでみると、雑誌に出たときとはかなり違う内容になっていることがわかった。いろんな小説的仕掛けがほどこされて、ひとつに繋がった総合的な世界に作り替えられている。いちおう「短篇集」というフォームにはなっているけれど、これまでに書いたいくつかの短篇をひとつにただまとめました、というような簡単なものではない。その丁寧な手の入れ方に感心させられた。

ティム・オブライエンの小説は、従来の小説のリアリズムと、彼の中から自然に出てきた反リアリズム性みたいなものが、とてもうまく自然に嚙み合って、分かれ目が簡単には見えない。そのあたりも僕の好みにぴったり合っている。そういうリアリズムと反リアリズムの融合（あるいは合意）は、僕の小説に関してもある程度は言えることだと思うし、そういう面でも、作家同士としての共感は強いかもしれない。

彼の場合は実際に兵士として戦争に行って、激しい戦闘を体験しているから、戦場で遭遇した痛烈なリアリズムと、その現実（あるいは記憶）から逃れるための想像力としてのマジック・リアリズムみたいなものが、頭の中で拮抗していて、それが彼の小説の原風景になっているのではないか。そういう気がする。

原題は『兵士の背負う荷物』だが、日本語にしてしまうといささか地味になってしまうので、思い切って違うタイトルに変えた。

レイモンド・カーヴァー全集1(第3回配本)
1991年2月　中央公論社

頼むから静かにしてくれ(短篇集)

Will You Please Be Quiet, Please?

カーヴァーの小説が面白いのは、どう進んでいくかわからないところ。何かとてつもないことが起きて、とんでもないものが現われ出てきたりする。その動きの中でひとつひとつの言葉が生命を持っていく。あのストーリーや言葉の動かし方は、アメリカの創作科の学生が書くような小説とは対極にあるもので、本当に自然で、自発的で、わくわくさせられる。何か他のものに似ているということがない。“Carveresque”(カーヴァー風の)という言葉があるけれど、本当にそのとおりで、“Kafkaesque”(カフカ風の)と同じく、その人独自の世界をつくっている。これはすごく大きいことだと思う。

これはカーヴァーの初期の作品集で、(あとになってわかったことだが)編集者ゴードン・リッシュの手が大幅に入った作品もいくつか収められている。それらは後年オリジナルの形に戻されて発表されることになる。

あの有名なバレエ『白鳥の湖』をもとに、マーク・ヘルプリンが物語を書いたもの。オールズバーグが挿絵を描いている。

オールズバーグの絵は、どこかで見た風景を思い出させるところがある。あるいは、海岸に行って雲が浮かんでいたりすると、「ああ、あの雲、オールズバーグの雲だな」と思うこともあります。自然がオールズバーグを模倣しているみたいで、面白い。特異な画家だと思う。

僕もできればいちど彼といっしょに仕事をしたいなと思っているのだけど、なかなか機会がないですね。

マーク・ヘルプリン 作
クリス・ヴァン・オールズバーグ 絵
1991年12月　河出書房新社

白鳥湖（絵本）

Swan Lake

レイモンド・カーヴァー全集4（第4回配本）
1992年9月　中央公論社

ファイアズ（炎）

（短篇、詩、エッセイ）

Fires

カーヴァー作品を訳すうえでひとつ問題になるのは、一人称をどうするか。それは主人公を、あるいは作者を、どのようなポジションに位置づけるかということになるし、僕も最初のうちはなかなかその距離感がうまくつかみきれなかった。

レイモンド・カーヴァーは、貧しい労働者階級の家の子どもだった。でも勉学を志して、苦労して大学に行って、大学で教えるまでになった。だから出自はブルーカラーだけど、精神的にはインテリジェントを志向しているわけで、あの人はブルーカラーだから「俺」のほうがいい、「僕」は違う、と言われると、それはちょっとないんじゃないかと思う。そういう意味でも、「俺」「僕」「私」の選び方は、とても難しい。

実際に会ってみると、カーヴァーはとても穏やかで、ジェントルで、繊細な感じのする人だった。大柄なんだけど、マッチョなところはまったくない。

カーヴァーの家に行って、カーヴァーの机の前に座って、いっしょにお茶を飲んだという記憶が残っている。そういうのはカーヴァー作品を訳すうえで大事なことだったかもしれない。

僕はアーシュラ・K・ル＝グウィンの小説も、猫ももともと大好きだから、とても楽しくこのシリーズを翻訳することができた。ずいぶん昔のことだが、ある読者が「こんな面白い絵本があるけれど、村上さんが訳したらいかがですか？」と本を送ってきてくれて、読んでみたらとても面白かったので、それで訳し始めた（その読者というのは実はポスドク時代の福岡伸一さんだった）。もし翼が生えていたら、猫はじっさいに空を飛べるのか？　物理学的にはなかなか難しい問題だが、あんな重いジャンボ機だって空を飛べるのだから、猫が飛んでも決しておかしくないような気はする。

『空飛び猫』のシリーズはとても人気があるみたいだ。ただあとのほうの巻になると、ル＝グウィンは社会派な人で、ちょっと理屈っぽいところがあるものだから、フェミニズムとか、エコロジーとか、人種問題とか、いろいろなトピックが盛り込まれてきて、いささか疲れるところがあった。猫がすいすい空を飛べばそれでもう十分じゃないかと、僕なんかは思うんだけど。

このまえイギリスに行ったとき、地下鉄に乗っていたら「エンジェル」という駅があって、そこで降りて郊外の町をぶらぶら歩いていたら、蚤の市をやっていた。そこで翼の生えた猫の置物（左右一対）を見つけたから、これはぜひとも買わなくちゃと思って、時間をかけて値切って、買って帰ってきました。

アーシュラ・K・ル＝グウィン

1993年3月　講談社

空飛び猫（絵本）

Catwings

1993年11月　講談社

帰ってきた空飛び猫（絵本）

Catwings Return

1997年6月　講談社

素晴らしいアレキサンダーと、空飛び猫たち（絵本）

Wonderful Alexander and the Catwings

2001年9月　講談社

空を駆けるジェーン（絵本）

Jane on Her Own

これは小川高義さんとの共訳で出した、ショートショートを集めたアンソロジー。まず作家の名前を見て、これとこれをやりたいと自分が翻訳したいものを選ばせてもらって、あとは小川さんにお任せした。小川さんはどんなタイプの小説でもすらすら訳してしまうプロだから、「お願いします」という感じで。

すごく短い作品を訳すのは、楽な場合もあるけど、難しいことのほうが多いみたいだ。この選集に収められた「超短編」のなかにも、あまりにも短すぎて作品全体の雰囲気をうまくつかみきれないものがあり、苦労は尽きなかった。「いったい何が言いたいんだ？」と言いたくなるものもあるし、作者の語り口というか、ひとつひとつの文体を見定めるのも一苦労だ。「こういうものだろう」と、最後には勘を働かせて訳すしかない。良い勉強にはなったけれど、続編の翻訳はパスさせてもらった。

R・シャパード、J・トーマス 編
村上春樹、小川高義 共訳
1994年1月　文春文庫

Sudden Fiction 超短編小説70

（ショートショート）

Sudden Fiction

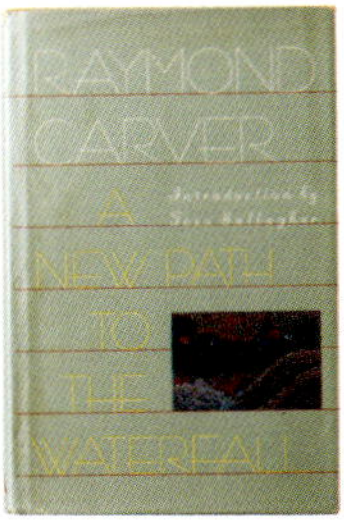

レイモンド・カーヴァー全集6（第5回配本）
1994年3月　中央公論社

象／滝への新しい小径

（短篇集／詩集）

Elephant/A New Path to the Waterfall

カーヴァーの作品にはもちろん出来不出来はあるし（誰にだってある）、「これはちょっとな……」と思うものも正直言ってなくはないんだけど、「これはいらないんじゃないか」というものはひとつもない。どの作品にもそれぞれにきらりと光る、カーヴァー独自のものがある。それは小説にとって大事なことだ。読者はなんといってもそういうものを求めて本を読むのだから。

最初の短篇集『頼むから静かにしてくれ』にはワイルドなドライブ感があるし、後期の『大聖堂』には深く心を打たれるものがある。それぞれの段階に、それぞれの面白さがある。名作「大聖堂」のあとにはちょっと淀みというか、迷いのようなものが出てきて、でもここからまたひとつ変わっていくんだろうなとひそかに期待していたら、そこに本書に収録された「使い走り」が出てきた。それで作風ががらりと変わった。びっくりするくらい、すっと風通しがよくなった。でもその矢先に、カーヴァーは病を得て亡くなってしまった。もっと長く生きていてほしかった。

カーヴァー・カントリー

（写真集）

Carver Country: The World of Raymond Carver

ボブ・エーデルマン 写真
1994年10月　中央公論社

レイモンド・カーヴァーが少年時代に親しんだワシントン州の自然の風景や、彼の小説の舞台になった（と思われる）酒場やモーテルや、その他いろんな場所、いろんな人々、そういう写真を集めた写真集。カーヴァーの小説を愛好する人なら、それぞれの写真に見覚えがあるだろう。あるいは見覚えがなくても、「ああ、そうそう、この世界だよな」と共感することができるはずだ。未発表の私信も含まれている。

カーヴァーが亡くなったとき、奥さんのテスから彼の着ていたシャツをもらった。とても大きなシャツだ。いかにもカーヴァーらしく、愛想のないシャツ。それは記念に大事にとってある。もちろん作家にとっては作品がすべてなんだけど、ときにはちょっとした「形あるもの」が意味を持つことになる。この写真集もそういう種類のものだろう。ちなみにこの本は今ではけっこう入手困難になっているみたいだ。

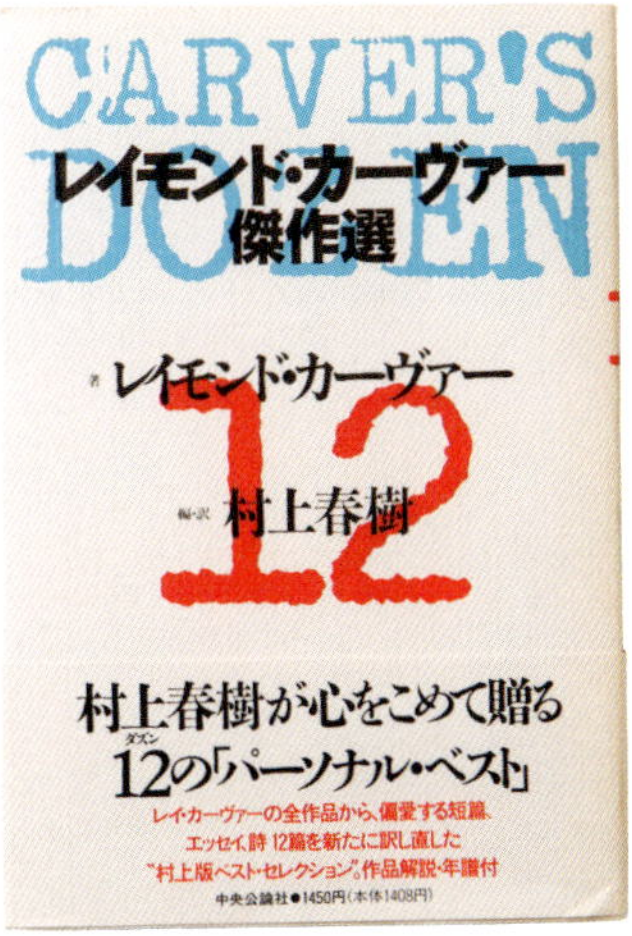

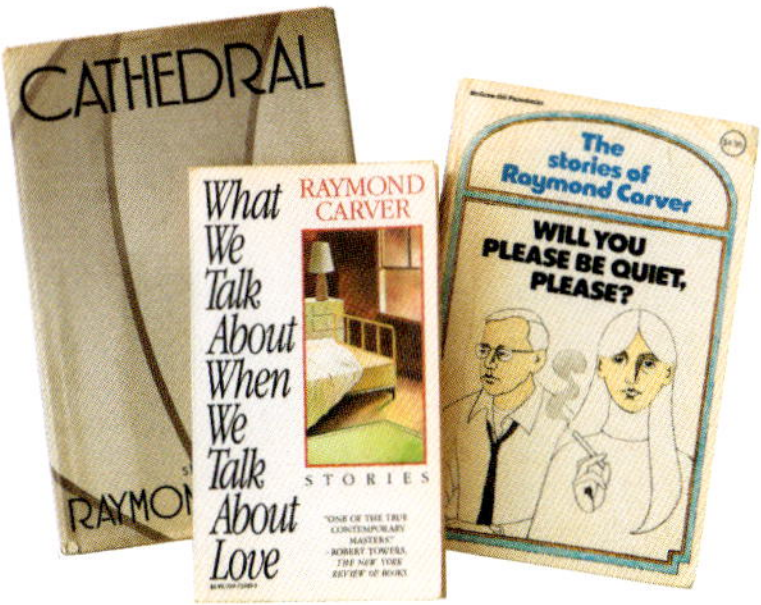

村上春樹 編訳
1994年12月　中央公論社

CARVER'S DOZEN
レイモンド・カーヴァー傑作選（短篇、詩、エッセイ）

＊オリジナル・セレクション

Carver's Dozen

レイモンド・カーヴァー全集を出すのと並行して、普及版、あるいは「カーヴァー入門者用」の一冊を出したいということで、僕が個人的にいちばん好きな作品を集めた。

タイトルの『カーヴァーズ・ダズン』は、“baker's dozen（「パン屋の一ダース」）”にちなんでいる。パン屋は、一ダースを購入した客に対して、一個おまけをして十三個で販売することから、英語では十三個のことを俗に「ベーカーズ・ダズン」という。

小説十篇に詩とエッセイをひとつずつ、それに十三個目のおまけの詩もつけた。

プリンストンにいるときに近所の本屋でこの本を見つけて、「これは僕が訳さなくちゃ」と思った。ビル・クロウは1950年代前半から60年代にかけて、スタン・ゲッツとジェリー・マリガンのグループで演奏していたベーシストで、その辺の音楽はばっちり僕の好みだったから、とても楽しく、興味深く翻訳作業を進めることができた。

ニュージャージーに住んでいたクロウさん本人に会いにいって、インタビューをしたこともある。クロウさんの話によれば、スタン・ゲッツは、「演奏は実に見事だったけど、人間的にはどうしようもないやつだった」そうです。もう顔も見たくない、という感じだった。

ビル・クロウの演奏には派手なところはあまりないけれど、終始しっかりと安定したサポートをする優れたベーシストだった。あの頃のジャズ・ミュージシャンはみんな、ドラッグに溺れてだめになっていったのに、あなたはやらなかったのかと聞いたら、じつはヘロイン・アレルギーみたいで、一度試してみたんだけど、どうしてもだめだった、だから助かったんだと話してくれた。

ビル・クロウ
1996年1月　新潮社

さよならバードランド
あるジャズ・ミュージシャンの回想

（ノンフィクション）

From Birdland to Broadway: Scenes from a Jazz Life

村上春樹 編訳
1996年4月　中央公論新社

バビロンに帰る
ザ・スコット・フィッツジェラルド・ブック2

(短篇とエッセイ) ＊オリジナル・セレクション

Babylon Revisited

翻訳の腕にそれなりの自信もついてきたし、いよいよフィッツジェラルドの後期の作品に取り組んでもいいだろうと思い、ここで短篇五篇を翻訳。「バビロンに帰る」などは僕のすごく好きな小説のひとつだから、きちんと訳せないうちは手を付けないでおこうと考えていたけれど、そろそろ歯が立つようになってきたかなと思って、一念発起してとりかかりました。こんな素晴らしい作品を自分の手で、自分の言葉で訳せるのだと思うと、それは本当に嬉しかった。優れた文章を扱う緻密な作業は、作家にとってとても良い勉強になるし。

フィッツジェラルド作品の翻訳については、下手なことはできないという気持ちがあったから、じっくり時間をかけて取り組んだ。ひとつひとつの言葉をずいぶん丁寧に慎重に選んだと思う。この短篇集をステップにして、次の『グレート・ギャツビー』に進もうと考えていた。

これはうちの奥さんから、ぜひ訳してほしいと頼まれた作品。彼女がまず英語で読んで（英語の本なんかまず読まない人なのだけど）はまり込んだ。僕は原則的に依頼を受けて翻訳はしないけど、これはまあしょうがない、夫婦円満のためにも、やはりやらなくちゃいけないと思って。でもやり始めたら面白くて、僕もしっかりはまり込んでしまった。

連続殺人犯としてユタで逮捕され、死刑になったゲイリー・ギルモアの実弟、マイケル・ギルモアが兄の話を書いている。ゲイリーは自分が銃殺刑になることを望んだ。これはずいぶん話題を呼んだ事件で、ノーマン・メイラーもこの事件を取材して『死刑執行人の歌』というノンフィクション小説を書いている。でもメイラーさんには悪いけど、こちらの方が遥かに面白い……と僕は思う。もちろん家族でなくては書けないマテリアルという強みはあるけれど、メイラーの文章は正直なところ、読んでいてあまり面白くない。『心臓を貫かれて』はとってもダークな因縁話というか、怪談というか、人の業の年代記というか、読めば読むほどおっかない話で、終始背筋に冷たいものを感じながら訳していた。この翻訳を読んで、同じように「ギルモア関係」にはまり込んでしまった読者も少なくないようだ。

その時期は三年くらいかけて『ねじまき鳥クロニクル』を書いていたんだけど、小説を書くのに疲れると、気分転換にこの本を翻訳していました。もっと明るい話を訳していたら、『ねじまき鳥クロニクル』ももうちょっと違う小説になっていたかもしれない……というのは言いすぎかな。

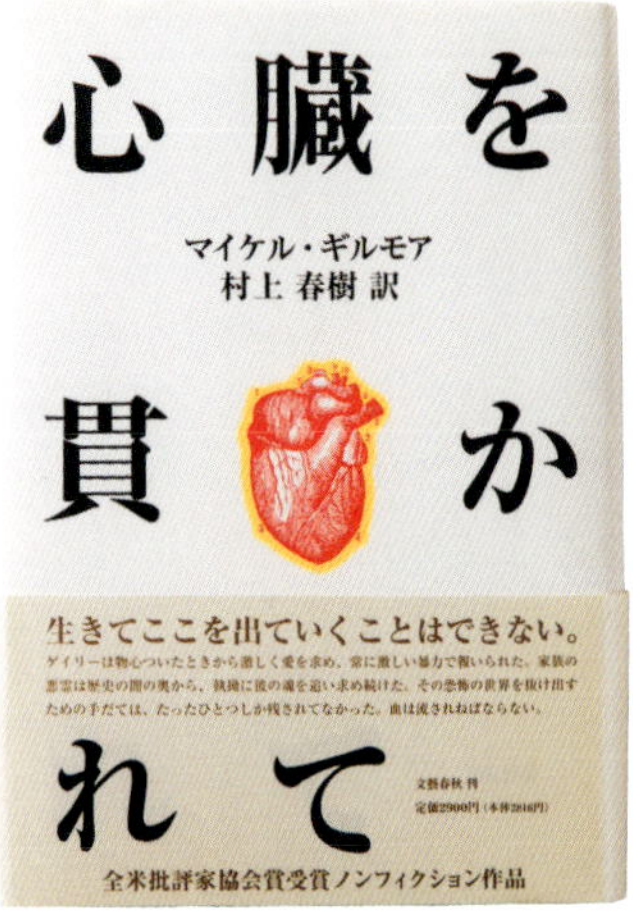

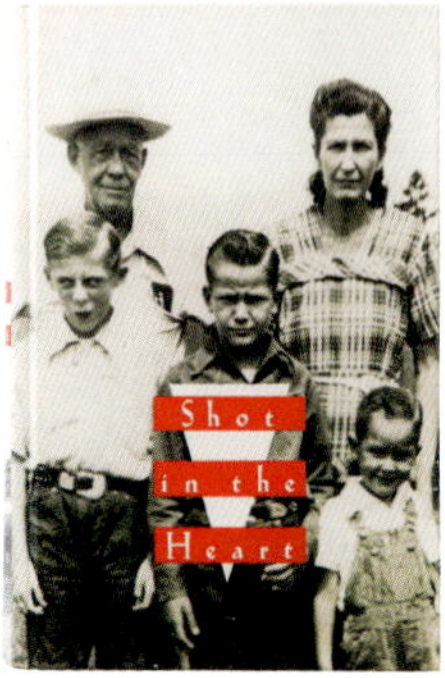

マイケル・ギルモア
1996年10月　文藝春秋

心臓を貫かれて
（ノンフィクション）

Shot in the Heart

水と水とが出会うところ／ウルトラマリン（詩集）

Where Water Comes Together With Other Water/Ultramarine

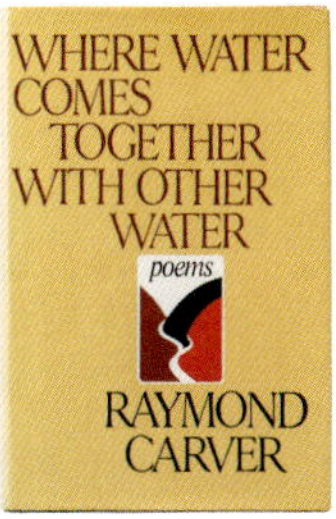

レイモンド・カーヴァー全集5（第6回配本）
1997年9月　中央公論社

レイモンド・カーヴァーの二つの詩集。

詩の訳はとても難しかった。自分の気に入った詩だけを選んで訳すのは、まあそんなに難しくはないんだけど、詩集を一冊丸ごと全部訳すとなると、これは想像した以上に大変な作業になった。カーヴァーの詩は口語的なものが多いので、どちらかといえば訳しやすいんだろうけど、やはり詩だから、言葉の象徴性みたいなものは、小説の場合よりずっと大きな意味を持ってくる。そういうのをひとつひとつ日本語に置き換えていくのは、簡単ではない。

カーヴァーは癌を告知されたあと、短篇小説はあまり書かず、むしろ詩作に力を傾注していた。おそらく詩のかたちのほうが、そのときの彼の心情に合っていたのだろう。だから僕としても力を尽くして、そのような彼の心情をくみ取るべく努めた。うまくいったかどうか自信はないけれど、とにかくくたくたになるまでやるだけはやったという感触は残っている。

1983年にカーヴァーと会ったとき、「あなたの詩には小説みたいなところがあるし、あなたの小説には詩みたいなところがありますね」と言ったら、彼はとても喜んでくれた。そういう思い出がある。

僕には、自分がこれを好きになったのだから、ほかにも好きになってくれる人が何人かはいるはずだという信念で訳している本がある。マーク・ストランドによるこの奇妙な味の短篇集も、そんな一冊。

これもプリンストンに住んでいるときに、近くの田舎町の古本屋でたまたま見つけて面白いと思った、足で歩いて探し当てた本です。そういう出会いで訳してしまう本がけっこうある。翻訳者、とくに若い人は、やっぱり自分でいろいろと探し歩いて「自分の本」を見つけるのが大事だと思う。待っていてもなかなか向こうから来てはくれないから。

僕はマーク・ストランドの詩がわりに好きで、いやなことがあると彼の詩集から詩をひとつとって訳すことにしていた。といっても、あまりいやなことがないから、ほんの少ししか訳していないけど。

『約束された場所で』でも、彼の詩をひとつ引用しています。

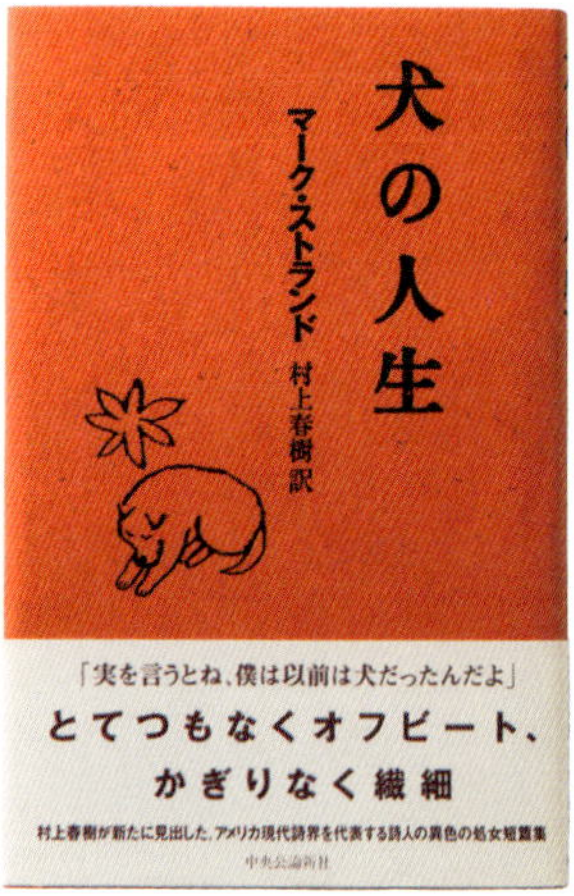

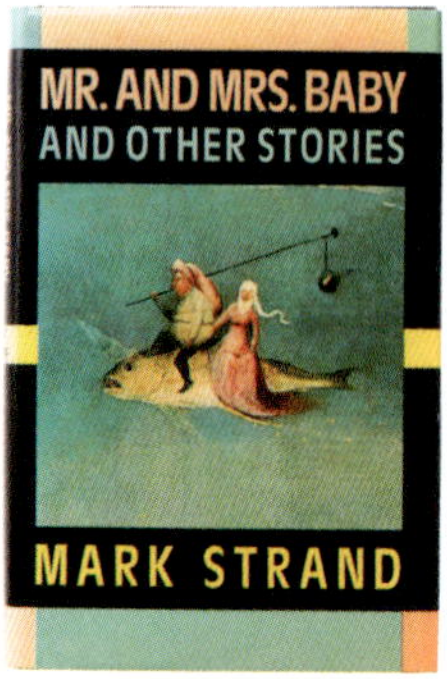

マーク・ストランド
1998年10月　中央公論社

犬の人生（短篇集）

Mr. and Mrs. Baby and Other Stories

グレイス・ペイリー
1999年5月　文藝春秋

最後の瞬間のすごく大きな変化（短篇集）

Enormous Changes at the Last Minute

なぜグレイス・ペイリーを訳すことにしたのか、そのきっかけは今となっては思い出せない。たぶんどこかでたまたま本を見つけて、読んでみて、これは面白いと思って、だから翻訳を始めたんだろうけど……。でもペイリーと僕というのは、考えてみればちょっと不思議な組み合わせかもしれない。『and Other Stories とっておきのアメリカ小説12篇』に入れた「サミュエル／生きること」が、最初に僕が訳したグレイス・ペイリー作品ということになる。それ以来、なぜかずっと彼女の小説世界とのつきあいが続いている。

この人の作品をどうして好きなのか、なぜ彼女の書いた三冊の短篇集をすべて僕が訳さなくてはならないのか（最後の一冊は今訳しているところ）、僕自身うまく説明することができない。でも彼女の小説世界の持つシンプルな力強さと、そのぶれることのない確かな視線と、往々にして型破りだけど、それでも実に的確な言葉の選び方に、どうしても心を惹かれてしまう。

熱心なフェミニストで、急進的左翼行動の人で、ブルックリン下町育ちのロシア移民の二世で、ユダヤ系としてのアイデンティティーもかなり強烈で、要するに硬派の人、そして典型的なジューイッシュ・マザー。どう見ても僕とは相容れるところがほとんどないみたいだ。それなのに彼女の小説を読んでいると、そちらの世界にどんどん引きずり込まれてしまう。物語の力だ。

僕がこれまで翻訳してきた作家について、これは伝えておきたいということがたくさんたまってきたときに、一冊にまとめたという本。

そのころ僕はアメリカに住んでいて、「ザ・ニューヨーカー」や「ニューヨーク・タイムズ」の記事をよく読んでいたから、文芸関係のさまざまな記事だとか、ティム・オブライエンなど好きな作家のエッセイを見つけてはスクラップしていた。それらを集めたものです。

レイモンド・カーヴァーの初期作品のいくつかに編集者のゴードン・リッシュが大幅に手を入れていたという事実が発覚して文壇的スキャンダルになったのもこのころ。

そういうものを翻訳して紹介し、それぞれの記事についてのコメントを書いて本にした。しかしカーヴァーの書いた小説のどこまでがカーヴァー自身の作品なのかという論争には、いろいろと深く考えさせられるところがあった。小説家を志す人にはぜひ読んでもらいたい章だ。

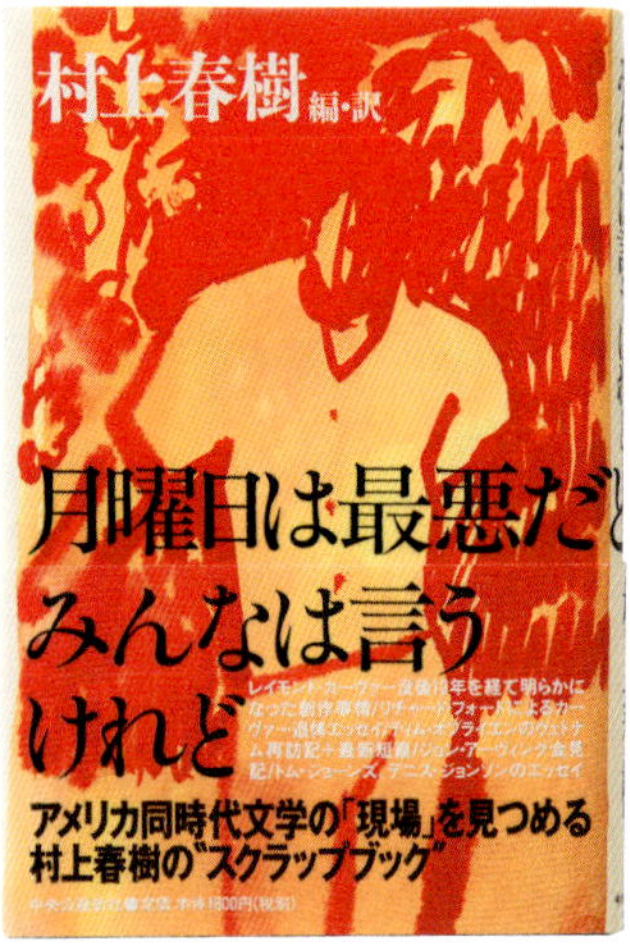

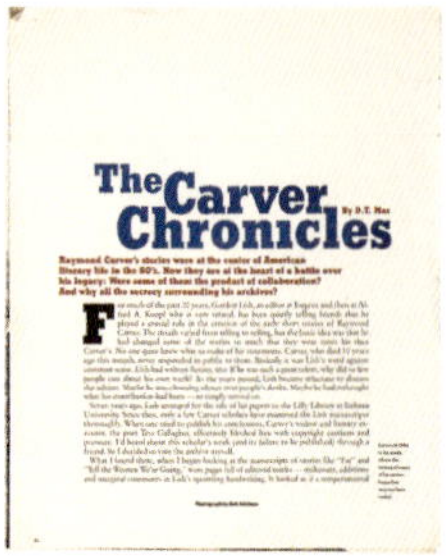

村上春樹 編訳
2000年5月　中央公論新社

月曜日は最悪だとみんなは言うけれど

（短篇とエッセイ）＊オリジナル・セレクション

They Call It Stormy Monday

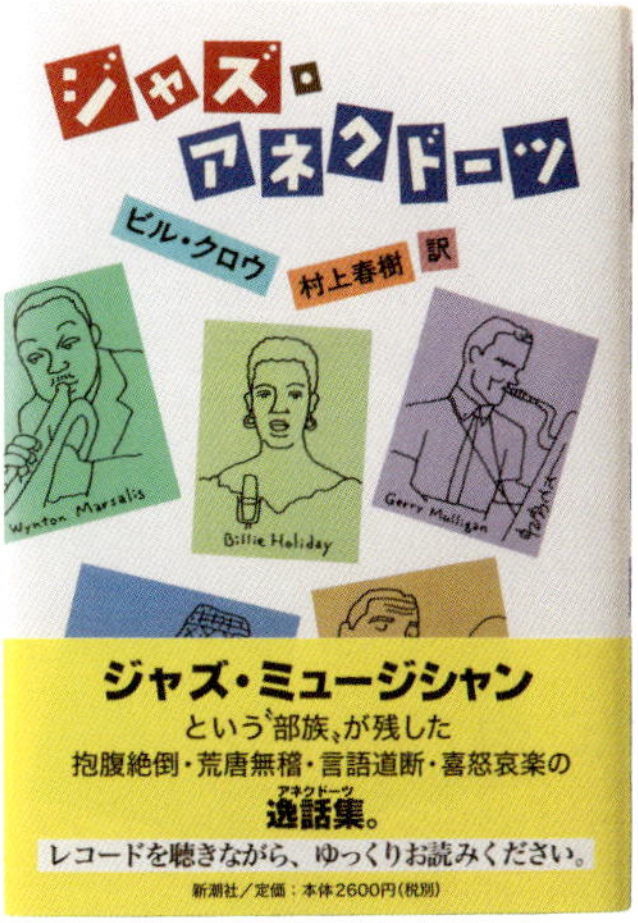

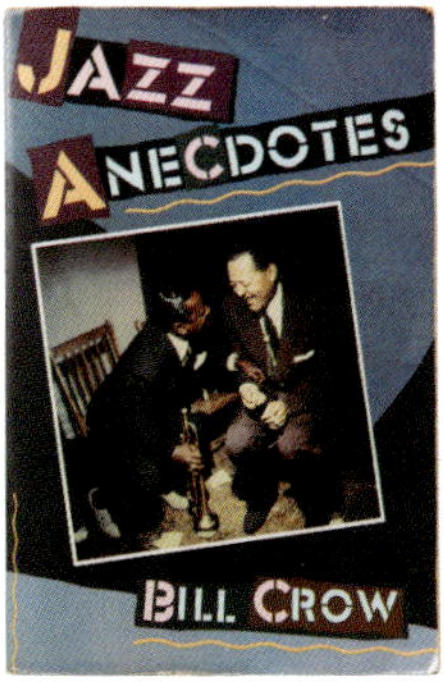

ビル・クロウ
2000年7月　新潮社

ジャズ・アネクドーツ

（ノンフィクション）

Jazz Anecdotes

ビル・クロウの『さよならバードランド』がとても面白かったので、彼が出しているもう一冊の本、『ジャズ・アネクドーツ』も訳すことにした。タイトルどおり、ジャズに関係した逸話や小話を集めたものです。ジャズ・ミュージシャンたちは楽屋で顔を合わせたとき、この手の面白い話を、虚実取り混ぜて交換する。それが楽屋での娯楽の定番みたいになっている。そんな話をクロウさんが丹念に収集して、一冊の本にまとめたわけだ。

ただ、話に出てくるミュージシャンがあまり知られていない人だと楽しめないので、日本でも名前を知られている人に関連した話をセレクトして、全体の三分の二ほどを訳した。思わず吹き出してしまうような話もけっこうたくさんある。あるいは「ほんとかよ」と唖然とするような話もある。ジャズの好きな人ならきっと楽しめると思う。

僕の好きな話。ドラマーのバディ・リッチは入院するときに看護師に「なにかアレルギーはありますか？」と訊かれ、「カントリー・アンド・ウェスタン音楽」と答えた。

カーヴァーの没後に「発掘」された未発表短篇五篇を収録したもの。

習作や、カーヴァー本人があまり気に入らなくて机につっこんでおいたものまで出てきたから、正直にいって、「ここまで出す必要はないんじゃないか」と思うものもあった。本人もそれをわかっているから出版しなかったのだと思う。

本当に正直なことを言うと、没後に出てきた未発表作品を読んでいると、同業者として「本人ももっとじっくり手を入れたかっただろうな」「ここは本当はこういう風に書きたかったんじゃないかな」と思わされることが多かった。そういうものを忠実に翻訳していくのは、いくら資料的に貴重であるとはいえ、いささか胸が痛んだ。「この作品、少しくらい僕に手を入れさせてもらえればな……」と密かに考えることもたまにあった（もちろんそんなことはしませんが）。

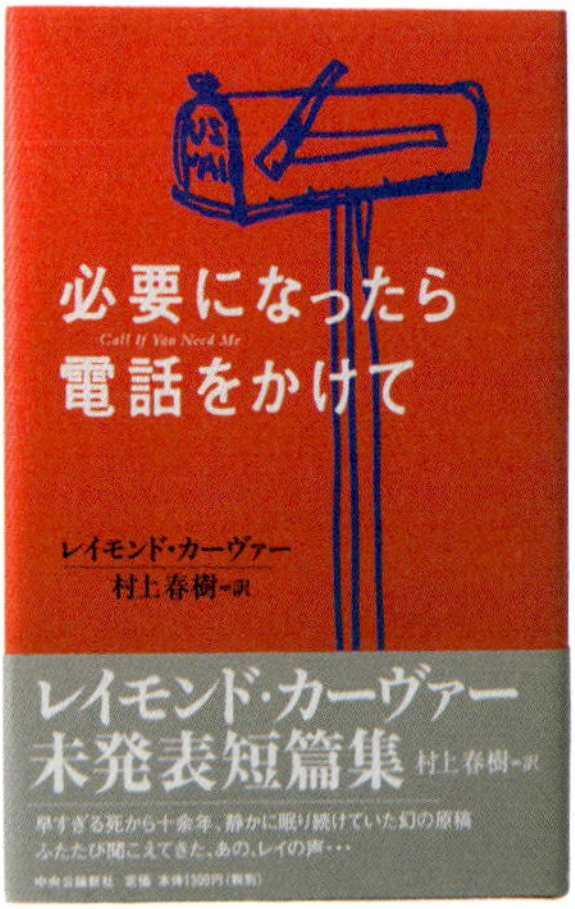

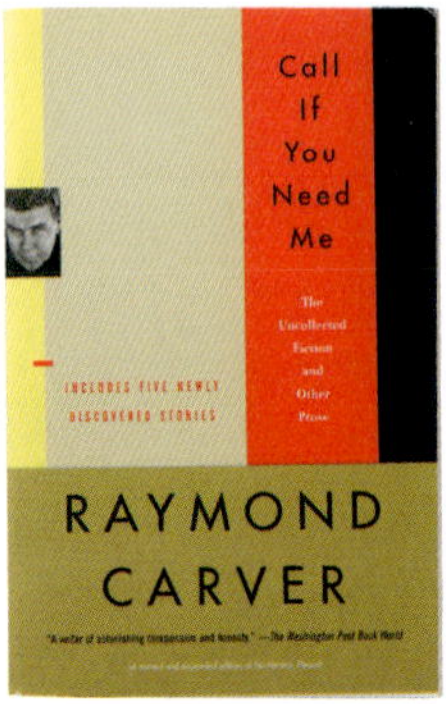

レイモンド・カーヴァー
2000年9月　中央公論新社

必要になったら電話をかけて

（未発表短篇集）

Call If You Need Me

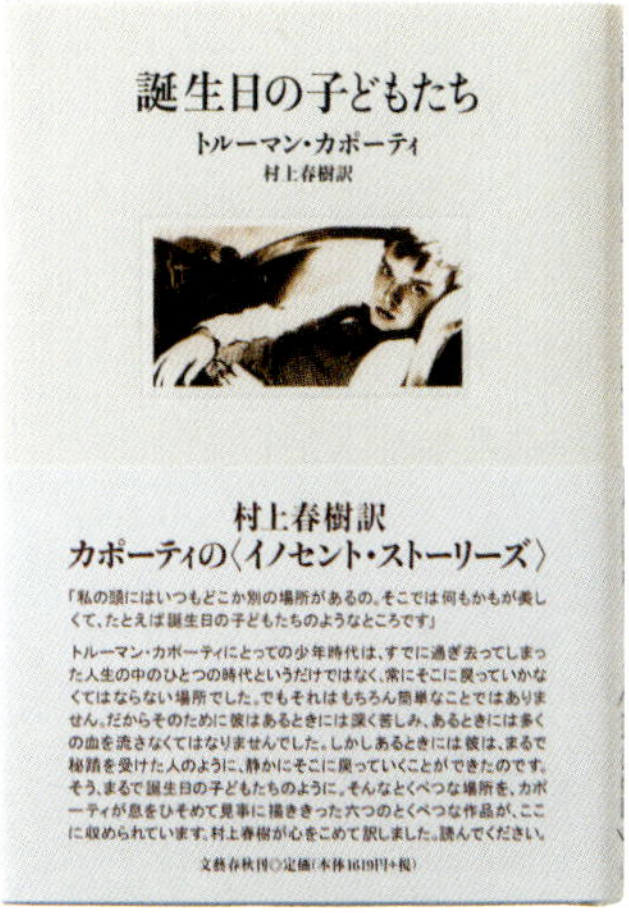

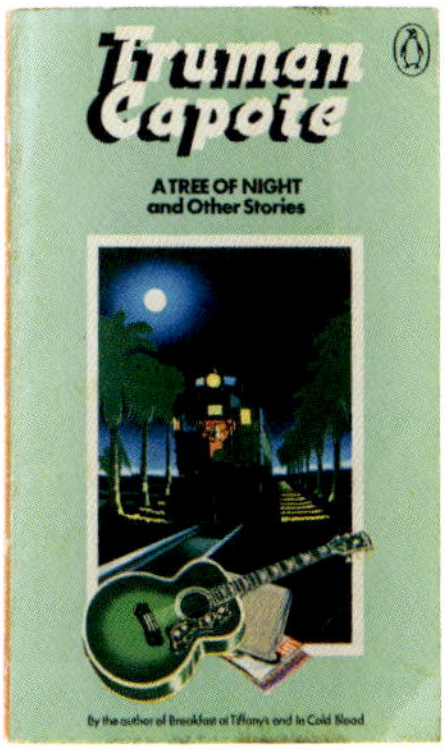

トルーマン・カポーティ
2002年5月　文藝春秋

誕生日の子どもたち（短篇集）

＊オリジナル・セレクション

Children on Their Birthdays

カポーティが少年や少女の無垢な世界を描いた「イノセント・ストーリーズ」のジャンルの作品を一冊にまとめたもの。

過去に山本容子さんの挿画と合わせ、それぞれ独立した本として刊行した三作品に、表題作と「感謝祭の客」、それに僕が初めて英語で読んだカポーティの短篇小説である「無頭の鷹」を加えてひとつにした。

「無頭の鷹」でカポーティが描いているのは、イノセンスのダークサイドの様相です。前にも書いたように、高校生のときに初めてこの作品を読んで、こんなすばらしい文章が世の中にあるのかと思った。でも小説家である僕が、こういう文章を使って小説を書くかというと、それはない。読んで好きな文章と、自分で書く文章というのはまた違うものだ。フィッツジェラルドについても同じことは言える。

初期の短篇小説、書きかけの長篇小説の冒頭の部分、未収録の詩、いくつかの本のために書かれた序文、エッセイ、書評を収録。

このあたりになってくると、レイモンド・カーヴァー作品の「落穂拾い」になってくる。だからこれは、彼の作品を最後の最後まで読みたい、しっぽの先まで味わいたいという人が読む本であって、一般の読者が読むのは、ちょっとしんどいかもしれない。

でも個人全集をやるからには、こういうものを残さず拾うことも大事なことになってくるし、僕としてもやりかけた仕事はきちんと最後までやり遂げなくてはならない。でもなんだかカーヴァーという人を「看《み》とって」いるみたいで、気持ち的にはつらいものがあった。

レイモンド・カーヴァー全集7（第7回配本）
2002年7月　中央公論新社

英雄を謳うまい
（短篇、詩、エッセイ）

No Heroics, Please

村上春樹 編訳
2002年12月　中央公論新社

バースデイ・ストーリーズ

（アンソロジー）＊オリジナル・セレクション

Birthday Stories

誕生日をテーマにした短篇小説をいろんなところから見つけてきて、ぜんぶ自分で翻訳して、最後に自分でも「誕生日もの」の短篇小説をひとつ書き下ろしで書いて、一冊の本にまとめたアンソロジー。

誕生日の話ばかりを集めるのは思ったより大変だったけど、「アンソロジーって楽しいな」とこの本をつくっていて実感した。いろんなタイプの作品が集まって、なかなか充実した楽しい本になったと思う。自分でついでに一篇書き加えるのも、編者が小説家だからこそできることだ。

手前味噌みたいになって申し訳ないけど、僕がこの本のために書いた「バースデイ・ガール」はなかなか評判が良くて、海外で編まれた何冊かのアンソロジーに収められている。不思議なことに、この「バースデイ・ガール」と、これもやはり別のアンソロジーのために書き下ろした「恋するザムザ」という短篇、この二作はなぜか外国でとくに人気があるみたいだ。ちなみに「バースデイ・ガール」は日本の教科書にも入っている。以前、高校生の姪が「おじさんの書いた小説、学校で読まされたよ」と言っていた。

キャッチャー・イン・ザ・ライ（長篇小説）

The Catcher in the Rye

J.D.サリンジャー
2003年4月　白水社

この作品は、『ライ麦畑でつかまえて』という野崎孝さんの訳が定訳みたいになっていて、日本人読者の心にしっかり刷り込まれてしまっている。僕も十代のときに、野崎さんの訳でこの本を初めて手にとって読んだ。それに新訳をぶつけるのは大変なことだと、もちろん覚悟はしていた。僕としては正直な話、表現はあまりよくないかもしれないが、猫さんの首に鈴をかけるネズミくんのような心境だった。そして予想どおりというか、あるいは予想を超えてというか、最初のうちは厳しいことをいろいろ言われた。

サリンジャーの書いた小説の中でも、この『キャッチャー・イン・ザ・ライ』は、ジョン・レノンを殺害した犯人が主人公のホールデン・コールフィールドにのめり込んでいたといわれるように、その刷り込まれ方が無意識の領域まで達してしまうような、危険性を含んだ物語でもある。小説としての強い説得力、その魔術的なまでの巧妙な語り口は、人の心を暗がりに誘い込むような陥穽《かんせい》とまさに表裏をなしている。

だからこそ僕としても、僕なりの方法と文体でこの作品を訳してみたかった。その世界に正面から挑戦してみたかった。野崎訳の刷り込みのある世代はともかく、そのあとの、まだ刷り込みのない新しい世代の人たちに、この本を手にとって、読んでもらえればなと思っている。野崎さんの訳はあらためて読み直してみて、とても正確な優れた訳だった。ただ翻訳の文体というのは、年月がたつとどうしても古びていくものだ。これくらいの名作には、いくつかの翻訳の選択肢があった方が良いと思う。

ティム・オブライエン
2004年3月　文藝春秋

世界のすべての七月（短篇集）

July, July

この小説も、僕としては「同世代の作家の書いたものだな」と強く実感させられる作品だった。1960年代に大学生活を送った人々。そこで生まれた何人かの親密な仲間。大学を出て、あるものはベトナム戦争に従軍し、あるものはそのまま社会に入り、結婚したり離婚したり、世間的に成功したりしなかったり、それぞれにいろんな場所でいろんな経験を積んでいく。そして長い歳月を経て、彼らはまたひとつの場所に集まる……というとなんだか映画の『The Big Chill』みたいだけど、こちらの方がずっと辛辣で、深く象徴的だ。まったく甘くはない。

これも雑誌に掲載されたときから読んで、少しずつ翻訳もしていたのだけれど（雑誌版翻訳もいくつか発表している）、本になったときには、大幅に手を入れられていた。それがどうやらオブライエンの創作スタイルらしい。もともとが長篇小説の作家なので、短篇小説も長いスパンをとって連携的に書いた方が、おそらく書きやすいのだろう。その感じはわかる。短篇小説に関しては、僕もよくそういう書き方をする。

ただ、「また60年代の話か」みたいに受け取る人もいて、アメリカではそれほど世評は高くなかったように記憶している。ティム・オブライエン自身も、戦争体験を語る小説から逃れて、ひとつ違う新しい世界に足を踏み入れようと努力してはいるのだが、結局は過去の世界に引き戻されてしまうことになる。それだけ激しく生々しい体験だったということなのだろう。でもそれは決して悪いことではない。その世界をこれからどのように前に向けて有効に転換していけるか、それが課題になってくる。オブライエンの新作に期待がかかるのだが。

僕はこのように二十年以上かけて、カーヴァーの書いた小説や詩やエッセイを、文字通り隅から隅まですべて訳してきたわけだけど、それは素晴らしく楽しいことであったのと同時に、重い責任をそっくり背負い込むことでもあった。正直言って、「ここまでやるのはちょっときついなあ」とため息をつくこともあった。でも一人の作家の全作品を引き受けることで、僕はそこからとても多くのものごとを学ぶことができたと思う。それは作家としての僕にとっての貴重な財産になった。有形無形のいろんなものを、僕はカーヴァーから受け取ることができた。

もうひとつ僕にとってありがたかったのは、中央公論社（途中で中央公論新社と名前が変わったが）がカーヴァー作品の刊行をすべて引き受けてくれたことだった。おかげで全集も出すことができたし、いろんなかたちで少しずつ訳を変えていくこともできた。ものによっては三回くらい訳文を書き直している。

翻訳も三十代でやったものと、五十代になってやったものとでは、文章のスタイルがけっこう変化している。解釈も微妙に違ってくる。翻訳というのは一度出してしまうとなかなか手を入れにくいので、カーヴァーの作品に関してそういう機会が与えられたのは、僕にとってはとてもありがたいことだった。

これから五十年経っても、百年経っても、カーヴァーの作品が読者の手に取られているといいなあと切に思う。

＊レイモンド・カーヴァー全集完結

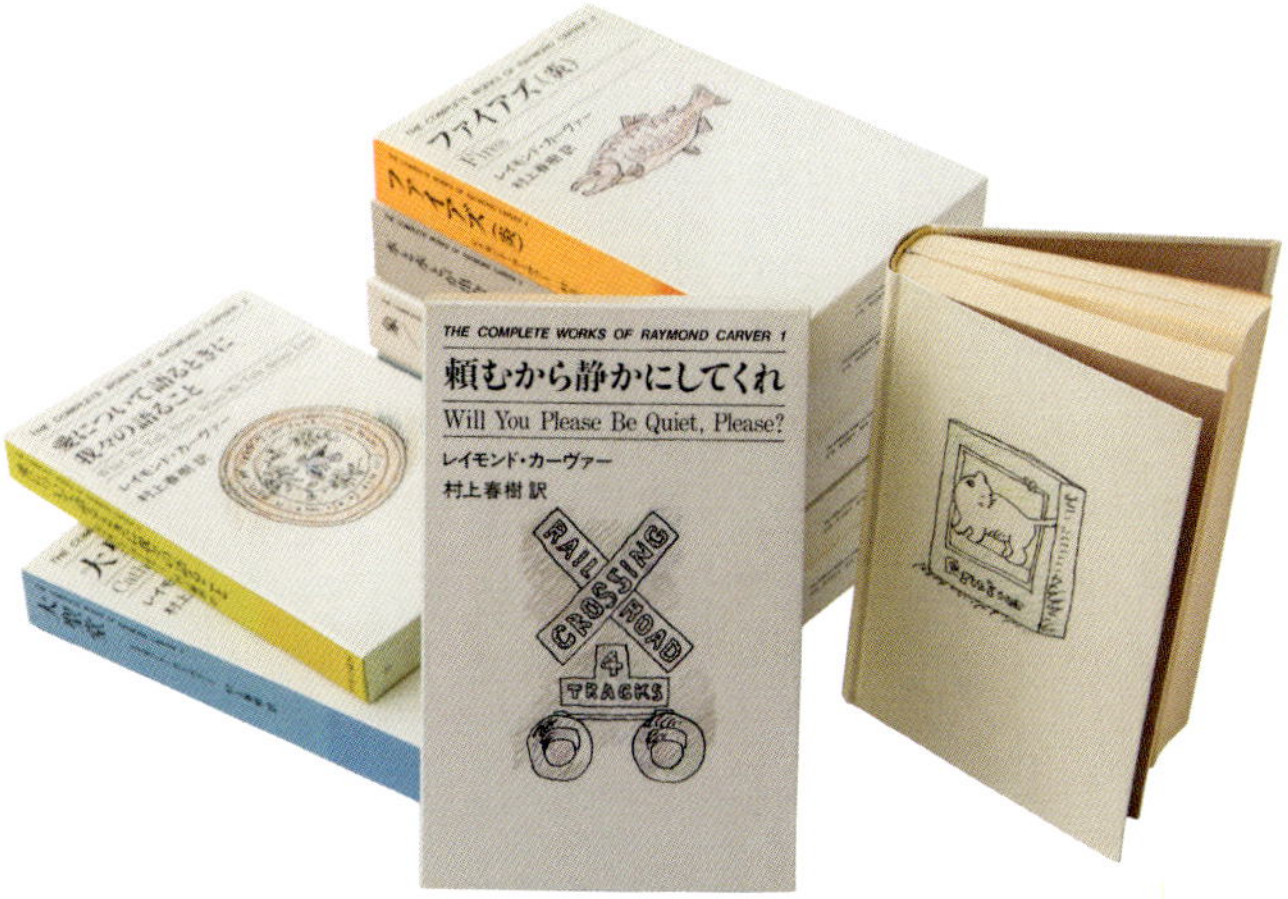

レイモンド・カーヴァー全集8（最終回配本）
2004年7月　中央公論新社

必要になったら電話をかけて

（未発表短篇、インタビュー）

Call If You Need Me

グレイス・ペイリーという人は、発表する機会がないうちから、自分一人でこつこつ小説を書いて、できた作品をまわりのママ友に読み聞かせていた。つまり、親しい仲間たちに向けて語りかけるように書かれた小説なのだ。そのいかにも温かく内輪っぽい雰囲気は、最初から最後までずっと変化しない（読んでいる僕も、そのうちに彼女の内輪になったみたいな気持ちになってしまう）。

彼女は三十年のあいだに、比較的薄い三冊の短篇集しか出していない。きわめて寡作な人だ。でもそれだけ長い期間にわたって書いていれば、普通は職業的作家としてのポジションができあがってきて、作品の傾向みたいなものは次第に変化していくものだけど、彼女の場合にはそういうことはなかった。いつも同じといえば、いつも同じ。でも読んでいてぜんぜん飽きない。なんだ、どれも似たようなものじゃないかとは、誰も言わない。というか、その姿勢の変わらなさ、ぶれなさが、グレイス・ペイリーという人の根深い魅力になっている。

前作を僕が翻訳してから既に十年以上たっていて、いま三冊目（*Later the Same Day*『その日の後刻に』）を訳しているところだけど、昔なじみの人に街角でばったり再会したような感じがする。あらためて思うのだが、彼女の文章はナックルボールを投げるピッチャーのようだ。どこにボールが飛んでくるか、球筋がまったく見えないし、だからキャッチャーとしてもなかなか簡単にはミットに収めることができない。他にはちょっと見当たらない、まさにワン・アンド・オンリーの作家だと思う。

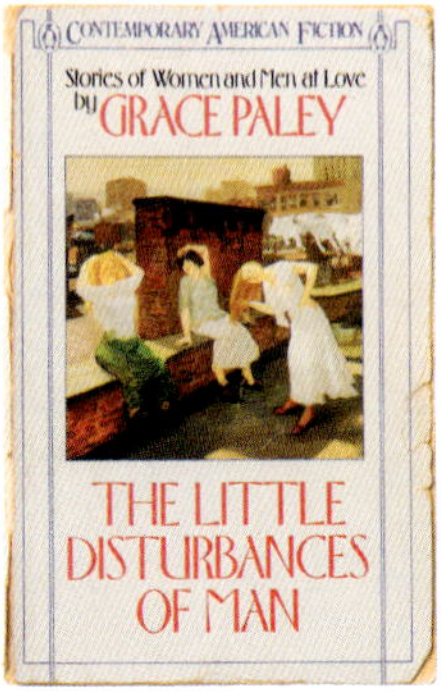

グレイス・ペイリー
2005年6月　文藝春秋

人生のちょっとした煩《わずら》い（短篇集）

The Little Disturbances of Man

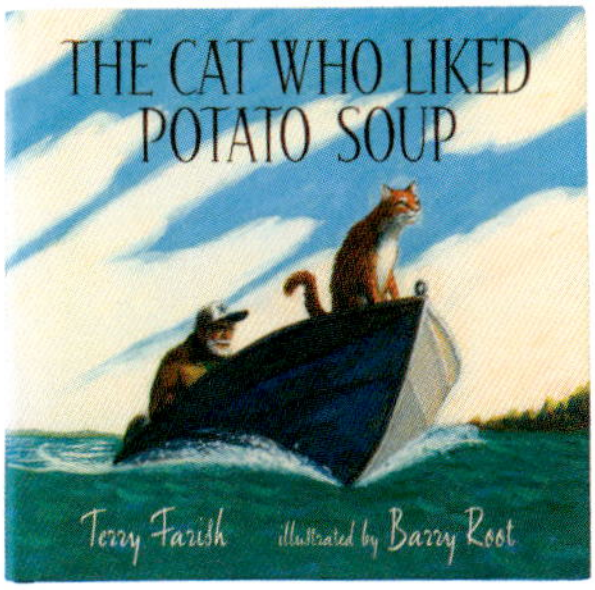

テリー・ファリッシュ
2005年11月　講談社

ポテト・スープが大好きな猫

（絵本）

The Cat Who Liked Potato Soup

これは僕がアメリカに住んでいるときにたまたま見つけた絵本。近所の書店で見つけて、題名に惹かれて読んでみたら（なにしろ猫好きなので）なかなか内容が面白いので、買って帰って、そのまますぐに翻訳してしまった。けっこう読者の評判もよかったです。

日本の出版社の人は、外国の絵本をすごく熱心にチェックしているから、だいたいの作品は「網」に引っかかるけど、これはなぜか完璧に網からこぼれ落ちていた。それを思うと、本屋に足を運ぶというのは大事なことだと思う。実際に手に取ってみないとわからない感触というのはあるから。

とくに外国で書店巡りをするのはすごく楽しいものです。僕はどちらかというと中古レコード屋巡りのほうが好きだけど。

その後の刊行

レイモンド・カーヴァー

- 頼むから静かにしてくれ II　2006年3月
- 愛について語るときに我々の語ること 2006年7月
- 水と水とが出会うところ　2007年1月
- 大聖堂　2007年3月
- ファイアズ（炎）　2007年5月
- ウルトラマリン　2007年9月
- 象　2008年1月
- 英雄を謳うまい　2008年3月
- 必要になったら電話をかけて　2008年7月
- 滝への新しい小径　2009年1月
- ビギナーズ　2010年3月

スコット・フィッツジェラルド

- マイ・ロスト・シティー　2006年5月
- ザ・スコット・フィッツジェラルド・ブック 2007年7月
- バビロンに帰る ザ・スコット・フィッツジェラルド・ブック2　2008年11月
- 冬の夢　2011年11月

C・D・B・ブライアン

- 偉大なるデスリフ　2006年9月

ポール・セロー

- ワールズ・エンド（世界の果て）　2007年11月

ジョン・アーヴィング

- 熊を放つ　上下　2008年5月

マーク・ストランド

- 犬の人生　2008年9月

サム・ハルパート 編

- 私たちがレイモンド・カーヴァーについて語ること　2011年6月

村上春樹 編訳

- 月曜日は最悪だとみんなは言うけれど 2006年3月
- 私たちの隣人、レイモンド・カーヴァー　2009年3月
- 村上ソングズ　2010年11月

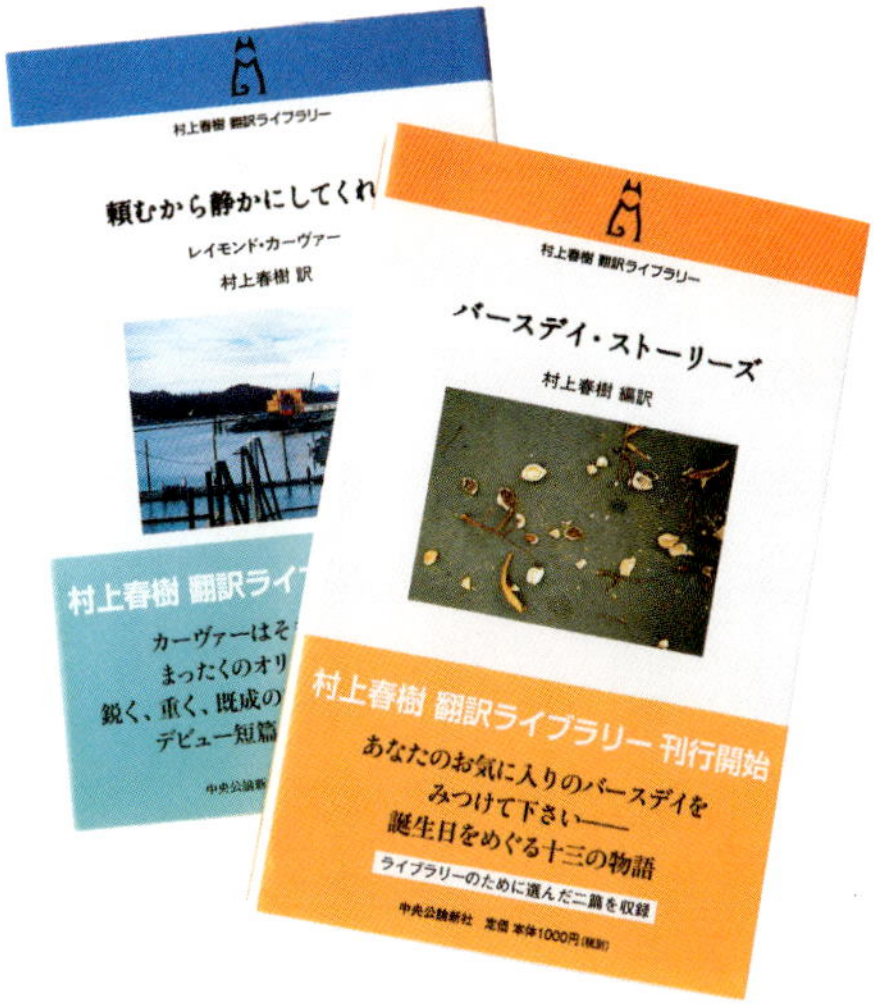

村上春樹 翻訳ライブラリー　刊行開始
2006年1月　中央公論新社

村上春樹 編訳

バースデイ・ストーリーズ
（アンソロジー）

レイモンド・カーヴァー

頼むから静かにしてくれI（短篇集）

僕はスコット・フィッツジェラルドとレイモンド・カーヴァーの翻訳を、これまですべて中央公論新社から刊行してきた。そういうものを通常の文庫本にすると、どうしても文庫の棚の中にばらばらに埋もれてしまうことが多い。文庫本は出入りも激しく、地味な翻訳書はもうひとつ場に馴染まないところがある。そうではなく、できれば系統的にまとめて、落ち着いて書店の店頭に並べてもらえれば、という気持ちが僕には前々から強くあり、それでこの「翻訳ライブラリー」というシリーズが生まれることになった。中央公論新社から出した僕の翻訳書は、並べてみるとけっこうな数になり（このシリーズには他の出版社から出たものも何冊か含まれているが）、和田誠さんにお願いしてトータル・デザインを考えていただいた。猫をかたどったロゴ・マークもとても素敵だ。

第一回の刊行は『バースデイ・ストーリーズ』と『頼むから静かにしてくれI』の二冊だった。シリーズに収めるにあたって改稿したものもある。本当はいろんな出版社から出した翻訳書を、同じかたちに合同でまとめることができたらいいのだが、様々な事情があり、現実的にはそれはなかなか難しい。

翻訳者として初めて手がけた小説はフィッツジェラルドの短篇だったが、『グレート・ギャツビー』は僕にとってきわめて重要な意味を持つ作品で、怖くてなかなか手を出すことができず、六十歳になったら翻訳を始めると宣言していた。ところがそれまで待ちきれなくなって、実際には三年ほど前倒ししてこの文字通り「偉大な」小説の翻訳に着手することになった。

高校時代から何度もくりかえし読んでいた作品だから、どのように訳すかというイメージは自分の中にだいたいできていたけど、僕に必要だったのは、それを可能にする翻訳技術と英語の知識。それまでにたくさんの翻訳をやって技術と知識をそれなりに積み重ねてきて、ああ、これだったらなんとかなるかなという手応えを得た。

いったん取りかかってみると、フィッツジェラルドの書く精緻な文章は、本当に難物だった。文章が渦を巻くというか、あちこちでくるくると美しく複雑な図形を描き、最後に華麗な尾を引く。その尾の引き方を訳すのはすごく難しいんです。でもそのくねり感覚とリズム感覚さえいったんつかんでしまうと、コツみたいなのが見えてくる。なにしろ好きな作品だから、すべての苦労がそのまま楽しい作業になった。

翻訳ライブラリー版（手前左）、
同新装版（右）、
愛蔵版と付録の小冊子
「『グレート・ギャツビー』に
描かれたニューヨーク」（奥）

スコット・フィッツジェラルド
2006年11月　中央公論新社
翻訳ライブラリー版、愛蔵版、同時刊行

グレート・ギャツビー

（長篇小説）

The Great Gatsby

は、『羊をめぐる冒険』が最初だった。あの小説は、主人公が何かを探しにいくという、ハードボイルド・ミステリーの基本的なストラクチャーを採用している。でも進むに従って、中身はどんどんリアリズムから遠く離れていく。僕としてはそういうものを書きたかった。そしてそれをするには、チャンドラーの文章というのは理想的な vehicle（媒体）だった。すごく融通がきくし、使い勝手がいいんです。

そういう小説を書きたいという気持ちは、そもそもの最初から僕の中にあった。『風の歌を聴け』と『1973年のピンボール』の頃はまだそういう技法を採用できるだけの力が備わっていなかったけれど、『羊をめぐる冒険』あたりからなんとかそれができるようになり、『世界の終わりとハードボイルド・ワンダーランド』の幻想的な世界へと進んで、『ノルウェイの森』ではリアリズムの文体をしっかり研鑽し、それから『ねじまき鳥クロニクル』、『海辺のカフカ』みたいな総合的な、言うなれば僕自身の世界に踏み込んでいった。それは一段一段、階段をのぼっていくような感じだった。

そういう意味では、チャンドラーの文体は僕の原点でもある。そういう小説を自分の手で翻訳できるというのは、実に小説家（翻訳家）冥利につきるというか。あまりに楽しいので訳者あとがきを百枚も書いたら、本が分厚くなって定価が高くなると文句を言われてしまった。

レイモンド・チャンドラー
2007年3月　早川書房

ロング・グッドバイ（長篇小説）

The Long Goodbye

　これも定評のある清水俊二さんの訳があったから、サリンジャーのときとおなじように、新しい訳を出すのはなかなか大変でした。『長いお別れ』といえば清水訳、という刷り込みみたいなのが世間にはあるから。

　でもまあそれはそれとして、この『ロング・グッドバイ』を翻訳する作業は、思わずにこにこしてしまうくらい本当に楽しかった。僕は作家として、チャンドラーの文章からたくさんのことを学んできたから、彼の文章を訳していると、なつかしい場所に帰ってきたみたいで、それがすごく嬉しかった。

　僕が、チャンドラーの文体をモデルみたいにして、その語法をいわゆる純文学的な世界に持ち込むということをしたの

村上春樹、和田誠
2007年12月　中央公論新社

村上ソングズ

（訳詞とエッセイ）

＊オリジナル・セレクション

Murakami Songs

これは和田誠さんと一緒につくった本。こういう音楽関係の仕事は、僕にとっては刺激的で、すごく好きです。

僕の好きな曲を選んで、歌詞を訳して原詞と並べて、その曲についてエッセイを書いて、和田さんがイラストを描いてくれました。最後の二曲は、和田さんが選んで歌詞を訳しています。文中の写真のレコードやCDのジャケットは、うちにあるものを撮影したもの。

取り上げた曲は、なかなかシブいセレクトになっていると思う。実際の歌を聴きながら読んでもらいたい。僕がいちばん気に入っているのは、アニタ・オデイが歌った『孤独は井戸』。ほとんど知られていない曲だけど、歌詞の救いのない暗さがなんともいえず素晴らしい。個人的なフェイバリット・ソングです。

トルーマン・カポーティ
2008年2月　新潮社

ティファニーで朝食を（中篇小説と短篇）

Breakfast at Tiffany's

これも僕が個人的にとても好きな作品。表題作「ティファニーで朝食を」のほかに、「花盛りの家」など短篇が三ついている。この三篇もなかなか読み応えのある話です。いかにもカポーティらしい世界が次々に展開していく。文章も瑞々しく生きている。でもこの小説を最後に、カポーティはなぜかこういうスタイルの話（言うなれば都会のフェアリ・テイル）に距離を置くようになっていく。感受性の変容——おそらくそれ以外にその転換の理由を説明する言葉はないだろう。

前々からこの魅力的な中篇小説を翻訳したいと思ってはいたのだが、長いあいだ手を出しかねていた。でもこの時期になると、「カポーティ、そろそろやれるかもな」という手応えがだんだん出てきた。実際に取りかかってみると、この小説を翻訳するのは本当に楽しかった。とてもすんなりとその小説世界に入っていくことができた。至福、と言っていいかもしれない。

「ティファニーで朝食を」は1961年に映画化され、大ヒットしたわけだが、小説とはずいぶん内容が異なっている。できれば、映画のイメージからは離れたところでこの小説を味わっていただきたいのだが、今となってはそれは難しいことかもしれない。

僕は昔からずっとビーチ・ボーイズの音楽が好きだった（今でもやはり好きだ）。だからこれも、とことん趣味の世界に浸って翻訳した本です。ビーチ・ボーイズの伝説のアルバム『ペット・サウンズ』が発売されたとき、僕は十七歳の高校生で、とにかくもう彼らの音楽にシビれまくっていた。その頃のことはすごくよく覚えている。作者のジム・フジーリも僕とほとんど同じ年齢で、やっぱりその頃に『ペット・サウンズ』にのめり込んでいて、その思いの丈を一冊の本にまとめている。

ビートルズの『サージェント・ペパーズ』が発売されたのもだいたい同じ時期のことで、こちらもやはり素晴らしいアルバムだった。しかし僕は個人的には（異論もあるだろうけど）『サージェント・ペパーズ』よりは『ペット・サウンズ』の方が内容はより深いのではないかと思っている。少なくとも正しく理解できるまでにより長い歳月がかかった。事実、『サージェント・ペパーズ』を聴き返すことはもうあまりないけど、『ペット・サウンズ』はいまだにしっかり聴き返している。そしてそのたびに何かしら新しい発見がある。異論がある？　まずこの本を読んでみてください。

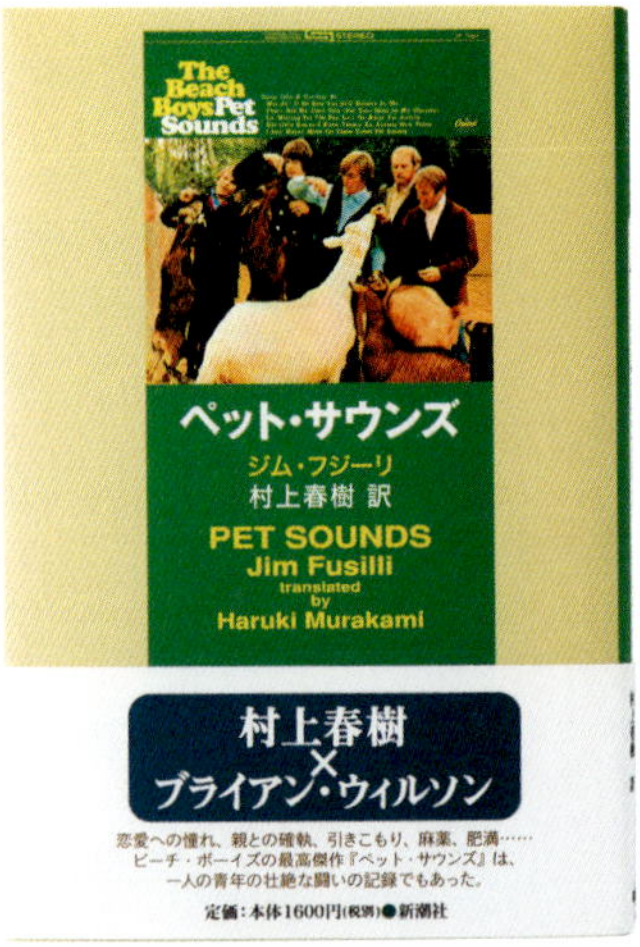

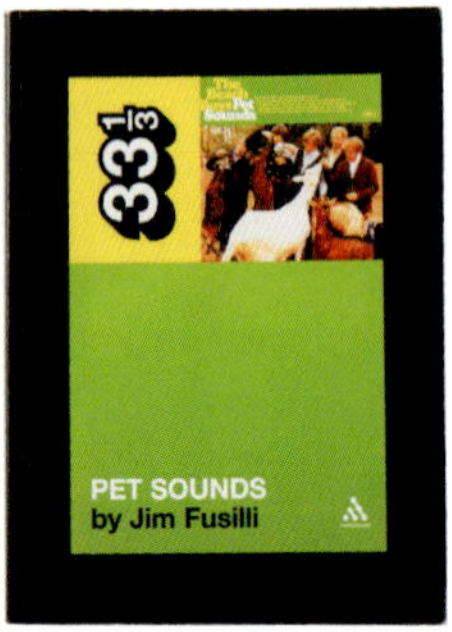

ジム・フジーリ
2008年2月　新潮社

ペット・サウンズ

（音楽評論）

Pet Sounds

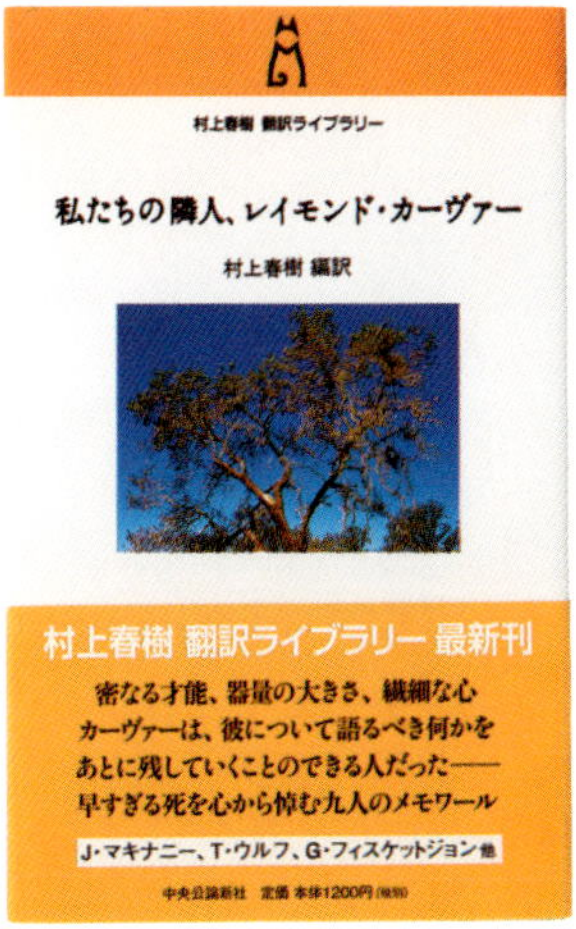

村上春樹 編訳
2009年3月　中央公論新社
村上春樹 翻訳ライブラリー

私たちの隣人、レイモンド・カーヴァー

（エッセイ集）＊オリジナル・セレクション

Days with Ray

　カーヴァーに関する文章、カーヴァーのことを語った文章を、僕が自分でセレクトしていろいろなところから集め、一冊の本にまとめた。こういう本をこしらえるのは、僕はけっこう好きです。

　ジェイ・マキナニー、トバイアス・ウルフ、ゲイリー・フィスケットジョンなど、カーヴァーについて大勢の人が語っている。友達が多かったのだ。そして人望があったのだ。多くの素敵な（あるいは啞然とするような）エピソードが残されている。僕とはずいぶん違うよな……と思います。ほんとに。

レイモンド・チャンドラーが『大いなる眠り』に続いて出版した、フィリップ・マーロウを主人公とする二冊目の長篇小説。

僕は彼の長篇作品を発表順ではなく、やりたい順番で訳している。やっぱりチャンドラーの長篇の中では、『ロング・グッドバイ』が圧倒的に優れていると思うけれど、この『さよなら、愛しい人』も個人的に好きな作品です。とくに出だしのところが素晴らしい。「へら鹿マロイ」というとんでもない大男が突然フィリップ・マーロウの前に現れて、どこまでも暴力的に、彼を複雑な迷宮の中に連れ込んでいく。そのたたみかけるような文章のリズムが、チャンドラー・ファンにはたまらない。『ロング・グッドバイ』を中年期のマーロウの味わい深い独白だとしたら、『さよなら、愛しい人』は若き日のマーロウのタフな活躍ぶりが満喫できる軽快な、上出来のエンターテインメントになっている。

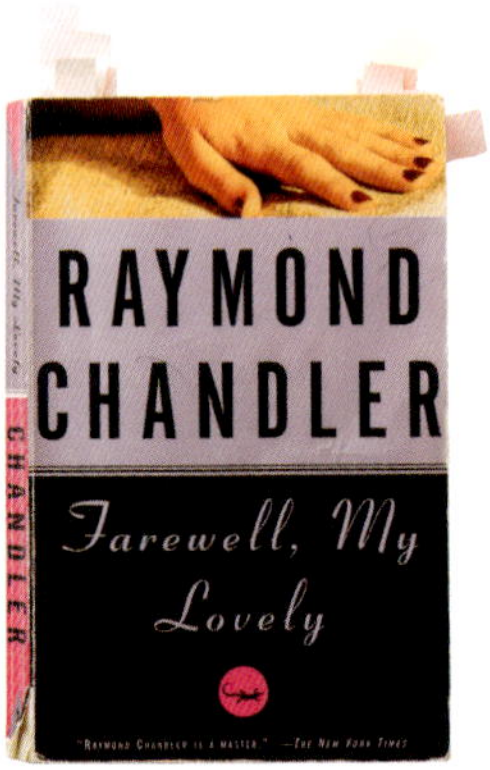

レイモンド・チャンドラー
2009年4月　早川書房

さよなら、愛しい人（長篇小説）

Farewell, My Lovely

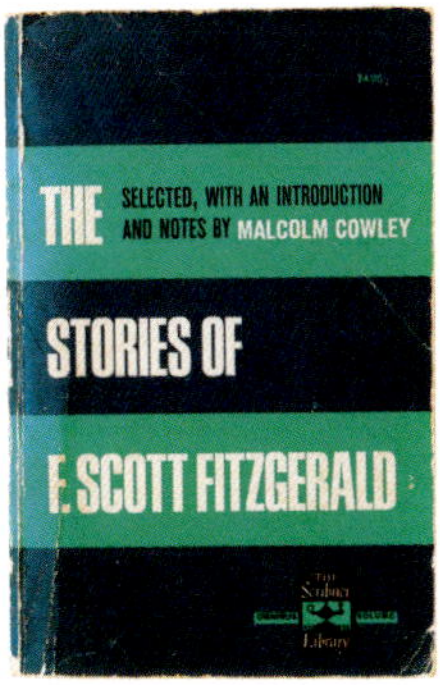

スコット・フィッツジェラルド
2009年11月　中央公論新社

冬の夢

（短篇集）

＊オリジナル・セレクション

Winter Dreams

　老後の楽しみにと思って、大事にとっておいた、これも僕の大好きな短篇小説。訳したいけどやっぱりまだ早いかなと、卵をあたためるみたいな感じで奥の方にしまっておいた。老後というのにはちょっと早いけど、そろそろいいかな、と。じわじわと慈しみながら訳しました。

　フィッツジェラルドの小説は、生活のために、高い原稿料ほしさに書き散らしたものが六割か六割半くらいで、本人が書きたいように書いたものが三割半くらい。短篇集を一冊まるごと訳すと、今の日本の読者の感覚にはたぶんそぐわないものになってしまうから、良いものをセレクトしてやっていくしかない。僕は個人的にそう考えている。ここに収められている作品は、どれも一読の価値のある大事な作品です。短篇小説の粋といっていいかもしれない。

　フィッツジェラルドの短篇でいちばん好きなものを選べと言われたら、「冬の夢」かもしれない。それから「リッチ・ボーイ」と「バビロンに帰る」。そのあたりなら、どれをとっても間違いない。

　僕があと一冊やりたいのは、後期作品の短篇集。ハリウッド時代と落ちぶれてからの不遇時代のものをまとめて短篇集にしたい。

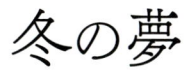

ビギナーズ（短篇集）

Beginners

レイモンド・カーヴァー
2010年3月　中央公論新社
村上春樹 翻訳ライブラリー

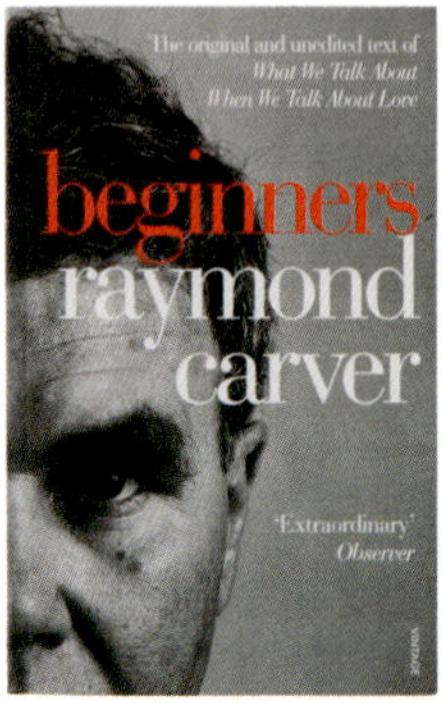

　カーヴァーの短篇集『愛について語るときに我々の語ること』をオリジナル原稿のかたちで復元・編集したもの。カーヴァーの没後に研究家によってこれらの原稿が発掘され、『ビギナーズ』という一冊の本としてまとめられた。

　当時、彼の編集者をつとめていたゴードン・リッシュによって大幅にカットされた部分を拾い上げて復元したために、この『ビギナーズ』のページ数は、『愛について語るときに我々の語ること』の二倍ほどに増量されている。

　リッシュのエディティングには賛否両論がある。彼の編集によって、いわゆる「ミニマリズム」的な緊迫感が生まれ、それが初期のカーヴァーの「売り」になったことは確かだ。しかし同時に、それによってカーヴァーにしか出せない本来の美質が損なわれてしまった、ということも間違いないところだ。オリジナルの版と、リッシュの手が入った版を実際に読み比べていただくしかないわけだが、後世に残るのはやはりオリジナルの版（長い版）の方だろう。僕としては「まあ、両方あっていいかも」と思うけど、カーヴァー自身は自分の作品が他人の手でいいように切り刻まれたことで、心にそれなりに深い傷を負ったように思える。

シェル・シルヴァスタイン
2010年9月　あすなろ書房

おおきな木（絵本）

The Giving Tree

シェル・シルヴァスタインは、『ぼくを探しに』を倉橋由美子さんが訳しているのは知っていたけれど、この『おおきな木』のことは、翻訳を依頼されるまでぜんぜん知らなかった。

でもやはり、半世紀以上も大切に読み継がれてきただけのことはあって、素直に人の心を打つものがある作品。僕のまわりにも、子どものころからこの本を読んでいたという人はけっこういます。

母と子という永遠のテーマについての物語だから、人はこの話を読んで、それぞれに深く考えさせられるところがあるのだと思う。原題は『惜しみなく与える木』だが、シンプルな方が良いということと、既に定着しているということで、前訳者のつけられた『おおきな木』というタイトルをそのまま使わせてもらった。

リトル・シスター

（長篇小説）

The Little Sister

チャンドラーの中でも『リトル・シスター』という作品は、それほど評判はよくないけれど、僕は個人的にわりに好きだ。田舎から出てきた若い女が、ある日フィリップ・マーロウの事務所に現れて、行方不明になった兄の捜索を依頼する。最初は通常の人捜しの仕事みたいに見えるんだけど、マーロウは途中から凶悪な連続殺人事件に巻き込まれていくことになる。そして娘の言い分はどんどんわけがわからないものになっていく。プロットにいくぶんわかりにくいところがあるが、チャンドラーの文体は相変わらず冴え渡っている。

チャンドラーの作家としての弱点は（あえてあげるならだけど）、女性をあまりリアルに描けないところにある。男性のキャラクターに関してはやたら面白くて、生き生きと描けているんだけど、それに比べると女性のキャラクターはおおむね典型的で平板だ。でもこの依頼人の娘はいつになくユニークで、読み応えがあります。僕としてはそういうところが気に入っている。

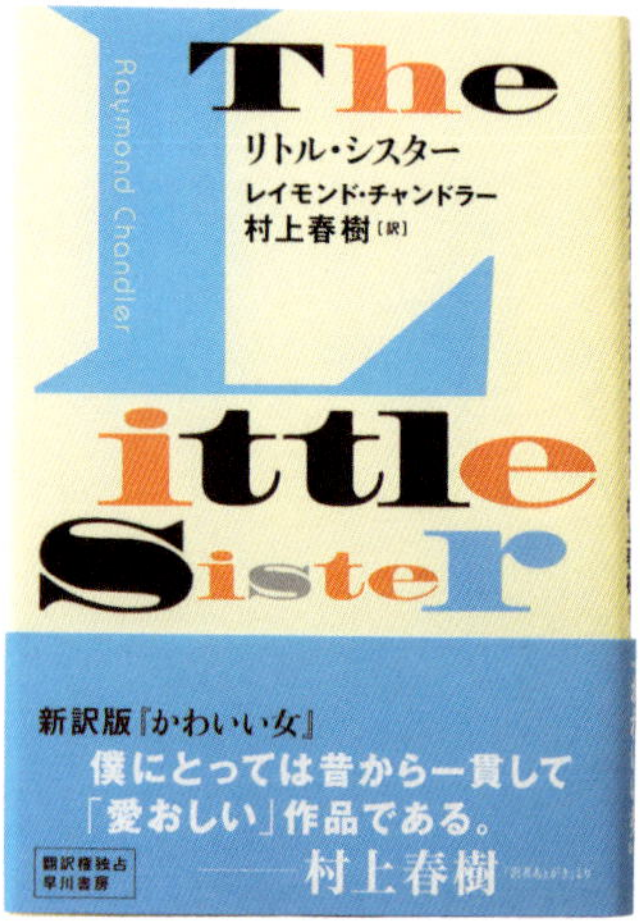

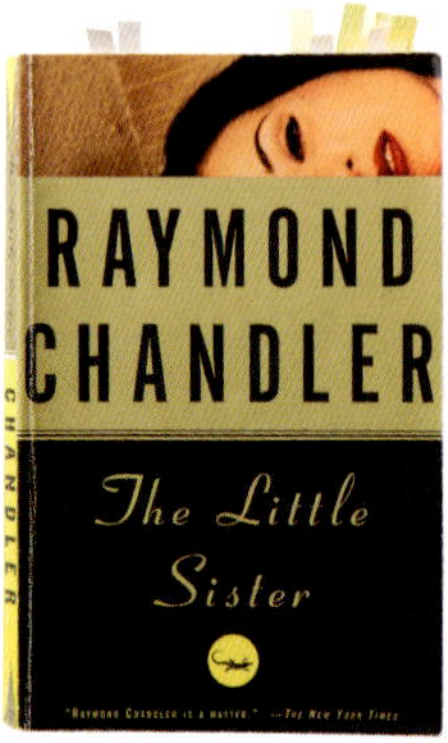

レイモンド・チャンドラー
2010年12月　早川書房

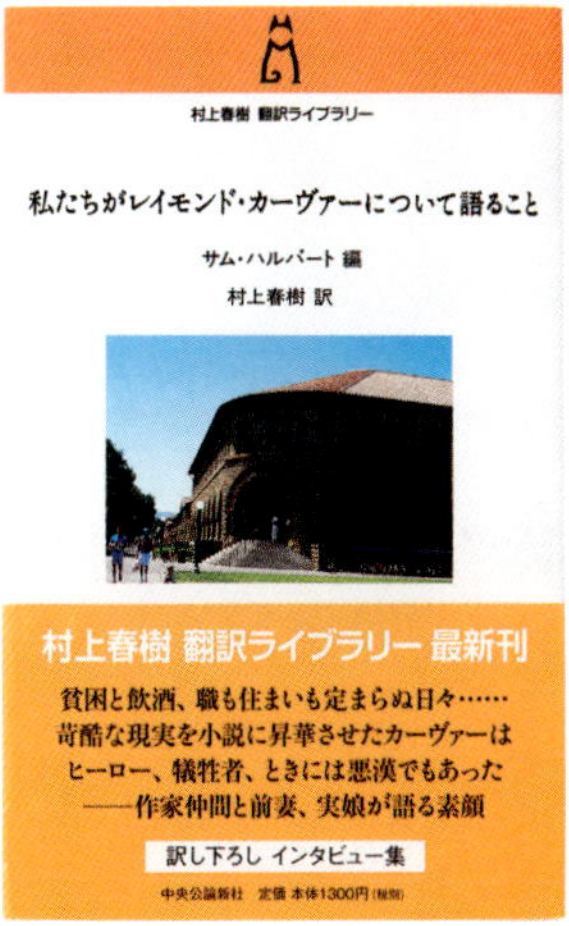

レイモンド・カーヴァーを敬愛する作者のサム・ハルパートが、カーヴァーの友人や仲間の作家たち、前妻メアリアンと実娘に取材したインタビュー集。さまざまな時代のカーヴァーを目撃した人々の証言が集められている。

僕が系統的に訳してきたカーヴァー作品に加えて、カーヴァー自身の人物像を立体的に見せてくれるこのような本を日本の読者に紹介できたのは、嬉しいことだった。

サム・ハルパート編
2011年6月　中央公論新社
村上春樹 翻訳ライブラリー

私たちがレイモンド・カーヴァーについて語ること

（インタビュー集）

Raymond Carver: an Oral Biography

一群の有名なジャズ・ミュージシャンの生き様を取り上げたこの「評伝」は、言うなれば見てきて書いたような「嘘の話」で成り立っている。書かれている事実の断片はたしかに本当にあった（とされる）ことだけど、ジェフ・ダイヤーはそれをつなぎ合わせて、自由に想像を膨らませ、生き生きとした「お話」をこしらえている。「こっちは小説家なんだから、それくらいは好きにさせてくれよ」みたいな、その開き直りがとても面白い。そんなのありか？　ふつうは見ていないことについて書くのは遠慮するものだけど、まざまざと見てきたように彼は描写する。この本を読んで、それを事実だと思い込んでしまう人も出てきそうだけど、まあ何が事実かなんて、誰にもよくわからないものだから……。しかし何はともあれ、読んでいてすごく面白い。

音楽関係の伝記はたくさんあって、手がけてみたいなとは思うのだけど、ミュージシャンは最初はよくても、晩年不幸になっていくケースが多いので、伝記を一冊まるごと訳すとなると、けっこう精神的につらいものがある。僕がやりたいと思ったスタン・ゲッツの伝記もそうだったし、チェット・ベイカーの伝記も読んでいて、最後の方はかなりきつかった。

最近読んだブルース・スプリングスティーンの自伝『ボーン・トゥ・ラン』はとても面白かったけど。

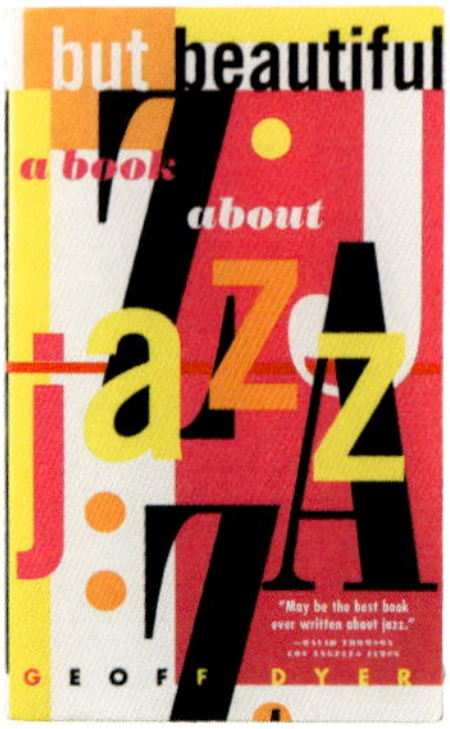

ジェフ・ダイヤー
2011年9月　新潮社

バット・ビューティフル
（短篇集）

But Beautiful

マーセル・セロー
2012年4月　中央公論新社

極北（長篇小説）

Far North

僕がかつて翻訳した『ワールズ・エンド（世界の果て）』の作者であるポール・セローから、「うちの息子（二人いる息子の長男の方）がこのあいだ本を出したんだ」と薦められた小説。「へえ、じゃあ読んでみるよ」といって、でも正直なところ、あまり期待しないで手にとって読んだら、「なに、これ、すごく面白いじゃない」と驚嘆してしまった。ページを繰る手が止まらない。それで早速自分で訳すことにした。

独特の雰囲気をたたえた見事な小説で、話の展開も実に痛快で面白く、読んでいても先がまるで見えない。そして読者はおそらく、主人公のメイクピースにとてもナチュラルに気持ちを同化させてしまうことができるはずだ。極寒のシベリアを舞台にした近未来のウェスタン。日本の読者のレスポンスもとてもよかった。これはきっと映画化されるだろうと思ったけど、なかなか実現しない。

これも「発見もの」のひとつで、まだあまり人に知られていない面白いテキストを見つけてきて、自分の手でそれを翻訳し、読者に提供するという喜びを味わうことができた。定評のある古典を自分の手で訳し直すのも楽しいけれど、自分の足で発見した「知られざる」作品を手がけるのは、翻訳者としての大きな喜びのひとつです。

『大いなる眠り』は、双葉十三郎訳が東京創元社から出ていたこともあり、清水俊二さんはそれ以外の六冊しか訳されなかった。チャンドラーの残した長篇七冊をぜんぶ訳した人はまだいないから、僕が初の全作踏破に挑もうとしていることになる。

僕としてはあまり、他人の訳のことをとやかく言いたくはないのだが、双葉さんの訳にはかなり抜けた部分がある。正直言って、当時はたぶんそういう翻訳でよかったのだろうと思う。娯楽作品なんだし、話が通じればそれでいいじゃないか、と。でもチャンドラーは今ではほとんど古典作品みたいになっているし、おそらくこれからも長く読み続けられるだろう。そういう作品は、できるだけきちんと正確に訳される価値があると僕は思う。これはチャンドラーにとっての最初の長篇小説。しかしとても処女作だとは思えない、堂々とした作品になっている。

原作小説と、それを映画化した作品とが、どちらもそれぞれに自立した価値を持ち、お互い邪魔し合わないで並び立っているという例は数少ないが、この『大いなる眠り』と、ハンフリー・ボガートの主演した映画『三つ数えろ』はそのまさに稀有な例だと思う。なぜボガート主演でほかのマーロウものも映画化しなかったのだろう？

レイモンド・チャンドラー
2012年12月　早川書房

大いなる眠り

（長篇小説）

The Big Sleep

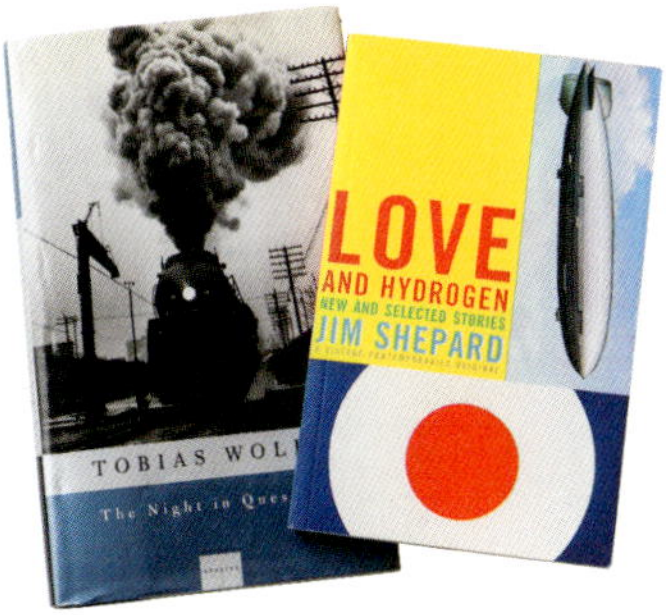

村上春樹 編訳
2013年9月　中央公論新社

恋しくて（アンソロジー）

＊オリジナル・セレクション

Ten Selected Love Stories

いい短篇小説をいくつか読むと、アンソロジーをやりたくて、むらむらしてくる。病のようなものだ。このときも「ザ・ニューヨーカー」で面白い短篇を三つくらい続けて読んで、それらがたまたまぜんぶラブストーリーだったから、これはいけそうだなと思って、恋愛小説を集めたアンソロジー作りにとりかかったのだが——。

あなたはアンソロジーを編んだことはありますか？　たぶんないでしょうね。アンソロジーというのは、最初の三つ四つはささささっと集まるけど、そのあとが苦難の道になる。うちにある短篇集を読み漁ったり、本屋を見てまわったり、知り合いに聞いてまわったり……。そういう状況で、オリジナルの短篇を一本自分で付け加えられるというのは、なんといっても小説家の強みだ。

普通に考えれば「ラブストーリーズ」というタイトルにするところだけど、それではつまらないから、和風に『恋しくて』とした。装画は竹久夢二の作品。

このアンソロジーのためにアリス・マンローの短篇を訳したところ、出版直後に彼女はノーベル賞を受賞した。おめでとうございます。

この作品は僕がこれまで手がけたすべての翻訳の中で、いちばん難度が高かったかもしれない。

この小説の文章はむちゃくちゃ面白いんです。たとえばフラニーとズーイが宗教論議をする場面では、ズーイはありとあらゆる語法のテクニックを持ち出し、ありとあらゆるパラフレーズを展開し、なんとかフラニーを説得しようとする。手を差し伸べ、愛する妹を観念の暗い迷路から救い出そうと必死に努める。その説得のロジックというか、言葉の技法がなにしろ素晴らしい。まさに感動的です。とにかくサリンジャーは文体という戦場に焦点を絞って、ほとんど一点突破で小説をどんどん前に進めていこうとする。ここまで文章に凝るのかと、言葉を失ってしまうくらいだ。要するに、サリンジャーは『キャッチャー』の先の段階にあるものを目指しているんです。彼にとってもう『キャッチャー』の世界は終わってしまっている。彼のそういう気持ちはひしひし伝わってくるんだけど、そのニュアンスを日本語に置き換えるのは本当に難しかった。

でも本当に苦労したけど、こんなにすばらしい小説があったんだと再発見することができた。そのことはとてもうれしかったし、苦労の甲斐はあったと思う。

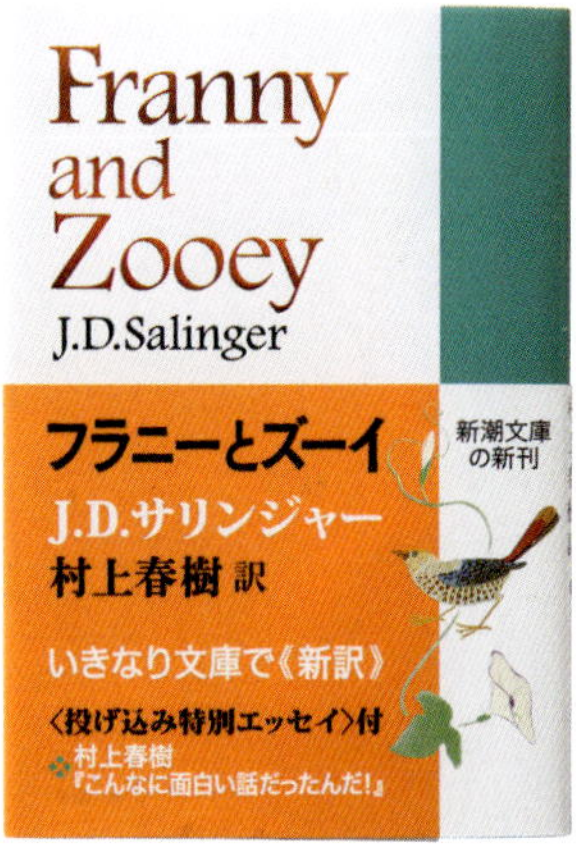

J.D.サリンジャー
2014年3月　新潮文庫

フラニーとズーイ（長篇小説）

Franny and Zooey

村上春樹 編訳
2014年10月　新潮社

セロニアス・モンクのいた風景（アンソロジー）

＊オリジナル・セレクション

僕はジャズ・ピアニスト、セロニアス・モンクが昔から大好きで、いろんな人が彼について書いた文章を集めてきて、それを一冊にまとめた。モンク好きには（おそらく）こたえられない本です。

この本を編もうと思ったきっかけは、「ヴィレッジ・ヴァンガード」というニューヨークのジャズクラブのオーナーである、ロレイン・ゴードンさんという女性に会って話をしたことだった。そのときモンクの話が出て、それがとても面白かった。ゴードンさんは、九十三歳くらいになっても、まだ毎晩のようにお店に出ているとてもチャーミングな生粋のニューヨーカー。まだぜんぜん売れない不遇時代のモンクのことをよく知っている。自伝も出していて（これもやたら面白い）、そこからモンクについての章を選んで、訳させてもらった。

当時彼女は、レコード会社「ブルーノート」の社長と結婚していて（すごい経歴だ）、ブルーノートで初めてモンクの録音をして、ニューヨークのレコード屋を回ってそれを一生懸命売り歩いた。でも彼の音楽は世間一般の人々にはまったく理解されなかった。レコード屋の主人は、モンクの訥々としたピアノの弾き方を聴いて、「なんだ、この男は左手を二本持っているのか」と言ったという。

音楽を扱った文章を書いていると、僕はしあわせな気持ちになれる。

これも個人的に好きな話です。既訳には清水俊二訳と田中小実昌訳がある。

小実昌さんの訳は独特のとぼけた味があって、僕はなかなかチャーミングだと思うんだけど、日本の正統派ハードボイルド・ファンにはこういうテイストはあまりうけないみたいだ。タフな感じがしないからだろう。小実昌さんの訳だとマーロウの一人称が「俺」になっている。これも日本のハードボイルド・ファンは気に入らないらしい。

チャンドラーの長篇はミステリー小説としてはプロットが甘いとよく言われるけれど、この『高い窓』は謎解きものとしても筋は通っていて、「誰が犯人か？」的な視点から読んでも、いちおうちゃんと読める。それから例によっていろんなカラフルな脇役が次々に登場してきて、そういう人たちの描写を読んでいるだけでも面白い。たとえば眼光鋭い質屋のじいさんとか、わけありげな安アパートの管理人とか、一癖も二癖もある古物商の男とか。

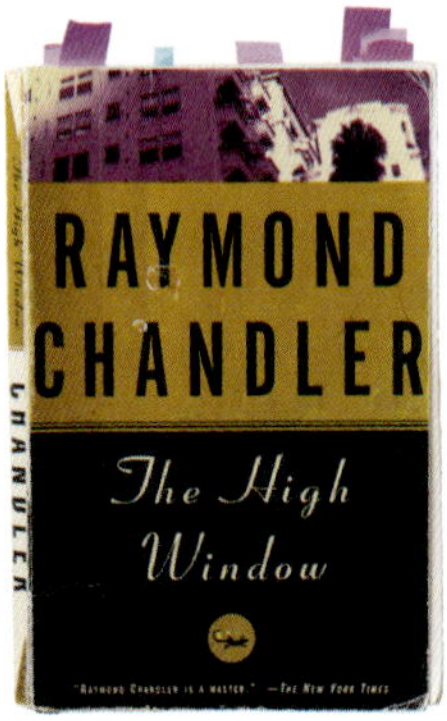

レイモンド・チャンドラー
2014年12月　早川書房

高い窓（長篇小説）

The High Window

ダーグ・ソールスター
2015年4月　中央公論新社

Novel 11, Book 18
ノヴェル・イレブン、ブック・エイティーン

（長篇小説）

Ellevte roman, bok atten

僕にとっては「超発見もの」の小説で、最初に読んだときには、そのあまりのユニークさに言葉を失ってしまった。ノルウェーのオスロの空港の英語版書籍のコーナーで買って、飛行機に乗って読み始めたのだが、あまりにも面白いので止まらなくなった。

ダーグ・ソールスターは、ノルウェーを代表する作家。*Novel 11, Book 18*というタイトルは、彼にとっての十一冊目の小説、十八冊目の著書という意味で、彼の作品は世界三十カ国語に翻訳されているけれど、日本にはまだ一冊も紹介されていなかった。

僕は（残念ながら）ノルウェー語ができないので、英語から重訳するしかなかった。重訳というのはまずやらないのだが、この本に関しては「そんなことを言ってる場合じゃないだろう」という感じで、迷いなく決行してしまった。たとえ重訳であっても、僕が訳さなければ、この本が日本語に訳されることはまずないだろう、ということで。

ソールスターという作家の面白さは、スタイルが古いとか新しいとか、前衛か後衛か、そういう価値基準を超えて（というかそんなものをあっさり取っ払って）作品が成立しているところだと思う。とても痛快で、そしてとてもミステリアスだ。こんな小説を書ける人は世界中探しても、あまりいない。

この本の続編がノルウェーで出版されたらしい。でもまだ英訳が出ていないので読むことができない。あの話の続きはどうなるのか、楽しみでしかたない。

こういう作品にめぐり合うと、生きていてよかったとまでは言わないにしても、本当にうれしくなってしまう。

カーソン・マッカラーズの作品の中では、*The Heart is a Lonely Hunter*（『心は孤独な狩人』）がやはり最高作だと思うし、いつか翻訳したいなと思っているけど、あまりにも長い作品なので、まずは『結婚式のメンバー』を訳すことにした。これはうちの奥さんの昔からの愛読書で、ぜひ翻訳してほしいと前々からリクエストされていたということもある。

マッカラーズは、僕もとても好きな作家だけど、日本では過小評価されていると思う。しばらくのあいだ、代表作（『心は孤独な狩人』『結婚式のメンバー』『悲しきカフェのバラード』）も簡単には手に入らない状態が続いてきた。とても残念なことだ。彼女の小説の優れた点のひとつは、人物や情景の描写の素晴らしさだ。上手な画家がさらさらとスケッチするみたいに、苦もなく（たぶん）瑞々しい情景や、人々の息づかいがページに立ち上げられていく。感覚的でありながら、普遍的な筆致。そういう文章を訳していくのは、翻訳者としてまた一人の作家として、とても楽しいことだ。

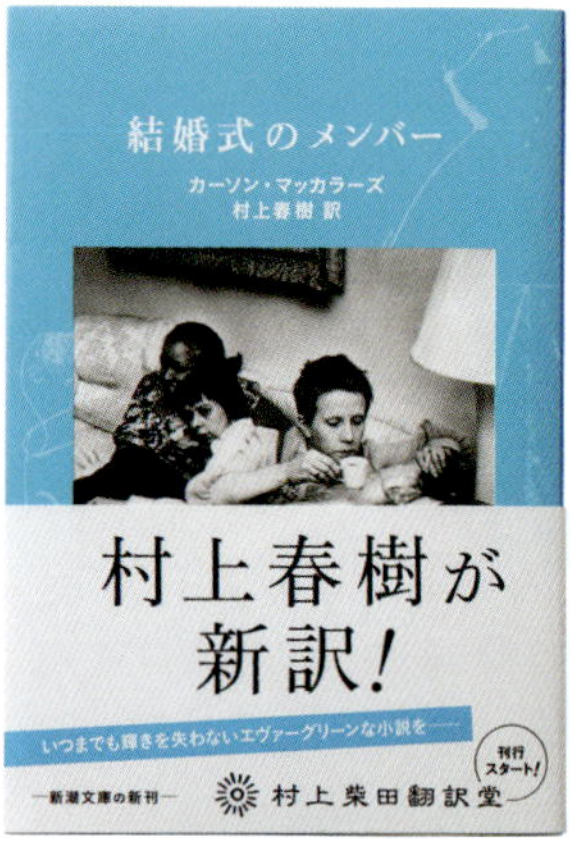

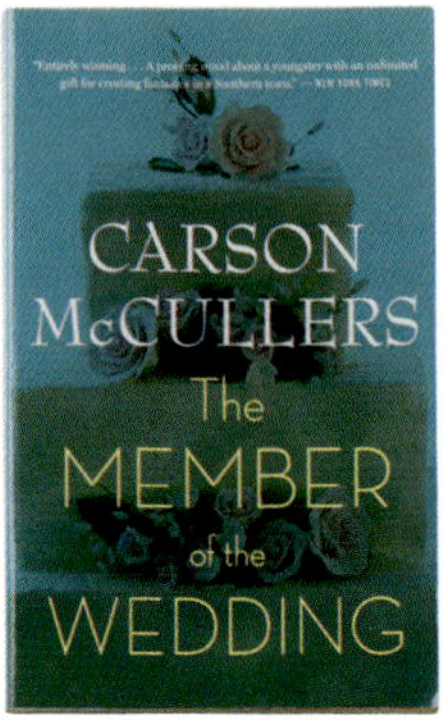

カーソン・マッカラーズ
2016年4月　新潮文庫

結婚式のメンバー（長篇小説）

The Member of the Wedding

レイモンド・チャンドラー
2016年12月　早川書房

プレイバック

（長篇小説）

Playback

「タフでなければ生きていけない。優しくなければ生きている資格がない」

僕が『プレイバック』を訳しているというと、人はみんなあの台詞はどう訳すんですかと、それしか興味がないようだ。

でも、話としてもそんなに悪くなくて、チャンドラーが晩年に書いた最後の長篇小説だから、やはりいささかパワーは落ちているけど、これはこれでなかなかよく書けた話だと僕は思う。だから最後の作品を慈しむという感じで、それなりに楽しんで訳しました。

「タフでなければ〜」の部分は、文芸翻訳的にしっかり訳そうと思うと、なかなかそう簡単に短くはならない。“If I wasn’t hard, I wouldn’t be alive. If I couldn’t ever be gentle, I wouldn’t deserve to be alive.” 典型的な仮定法の構文。仮定法のニュアンスって、日本語になおすとけっこうむずかしいんだ。どう訳したか？　読んでみてください。

卵を産まない郭公（長篇小説）

The Sterile Cuckoo

ジョン・ニコルズ
2017年5月刊行予定　新潮文庫

ジョン・ニコルズがこれを書いたのは1964〜65年、そのころのアメリカの大学生の生活を描いた、とても面白い青春小説。主人公の恋人になるちょっとエキセントリックな女の子が生き生きと描かれている。僕がこの作品を読んだのも、大学生のときだったと思う。

今回、過去の名作を新訳で復刊する企画でこの作品の翻訳にとりかかってみると、当時の学生のスラングに、ほとんど理解不能なものがあった。いろいろな人に聞いても、インターネットや辞典を片っ端からあたってみても、皆目わからない。

そこで、僕と同年齢で僕の作品を英語に翻訳してくれているテッド・グーセンに聞いてみると、「ひとつ前の世代のことばだからわからない。この人たちは酒ばっかり飲んでいるけど、僕らのころはみんなマリファナをやっていたから、ことばもちょっと違う」とのことだった。

この作品は1969年にアラン・J・パクラ監督、ライザ・ミネリ主演で映画化され、日本では『くちづけ』というタイトルで公開されている。

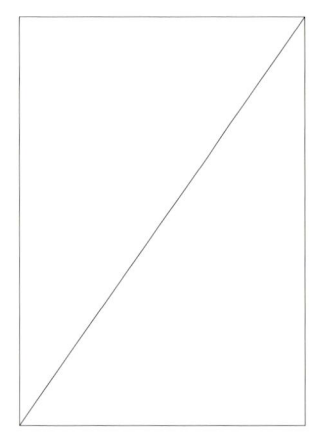

対談　村上春樹×柴田元幸

翻訳について語るときに僕たちの語ること

前編

翻訳家になれるなんて、思ったこともなかった

村上　僕は二十代の半ばからずっとジャズのお店を経営していまして、とても忙しくてそっちで手一杯で、小説家になるということはまったく考えていなかったんです。というか、自分に小説を書く才能があるとは思ったことはありませんでした。本を読むことはとても好きだったですけどね。ただ、翻訳することには興味があって、ちょくちょく家で好きな英語の作品を訳していました。ノートにボールペンか鉛筆で書き連ねていくくらいの、まあただの個人的な楽しみとして。高校時代は、英文和訳のいろんな参考書を買ってきて、そればっかりやっていましたね。受験英語みたいなことはそっちのけで。だから学校の英語の成績はあまりよくなかった。とにかく英文和訳が好きで、そればっかりやってたから。

柴田　なるほど、そうだったんですね。

村上　でも、二十九歳のときにふとしたきっかけで突然小説を書いてしまって、それが群像新人文学賞を受賞して、いちおう小説家ということになりました。で、これは良い機会だから翻訳もやってみようかという気持ちになって、安原顯さん[*1]に「翻訳をやりたいんですけど」と言ったら、「いいよ、やってくれ」ということになりました。安原さんはたまたま、僕が小説を書く前からうちの店のお客だ

＊1　安原顯（一九三九－二〇〇三）編集者。当時は文芸誌「海」編集部に所属。

ったんです。それで訳したのがスコット・フィッツジェラルドの短篇でした。[*2] 面白いもので、翻訳を自分でやっているときはノートにボールペンだったけど、小説を書こうと思ったときはちゃんと万年筆を買ってきて、原稿用紙に書きましたね。でも今でもね、翻訳といったら、ノートにやるという感じがけっこう強いですね。

柴田　といっても、実際の翻訳はパソコンを使ってなさるんですよね。

村上　今はもちろんそうですね。ただ、旅行なんかのときにはよくノートでやってますよ。パソコンを持っていくのが面倒だから、英語の原書とノートと電子辞書だけ持って、旅先でコツコツとやるってことは多いですね。

柴田　最初の翻訳がフィッツジェラルドの短篇小説だったんですね。

村上　前々からやりたいと思っていたフィッツジェラルドの作品を訳したんです。今から思うと嘘みたいですが、当時はフィッツジェラルドの作品の多くは、日本では入手不可能になっていて、少しでも彼の作品を世に広めたいという気持ちが強かったんです。使命感というほどのものでもないですが、僕は個人的にフィッツジェラルドがとても好きだったから。そのとき安原さんが、翻訳者の飛田茂雄さん[*3]を紹介してくれて、いろいろと初歩的な手ほどきを受けたんです。飛田さんはもちろんベテランの立派な翻訳者で、翻訳者としての心構えみたいなものをとてもしっかり持っておられて、そういうところはずいぶん勉強になりました。柴田さんが訳文をチェックするときのような細かい指摘ではなかったけれど、考え方とか、ものの見方とか、そうい

＊2　フィッツジェラルドの短篇「残り火」「氷の宮殿」「アルコールの中で」の三篇が「海」一九八〇年一二月号に掲載された。

＊3　飛田茂雄（一九二七－二〇〇二）アメリカ文学者、翻訳家。訳書にジョーゼフ・ヘラー著『キャッチ＝22』、カズオ・イシグロ著『浮世の画家』等。

うことを教わったような気がします。そのことを今でもよく覚えています。

柴田　飛田さんが教えるときは、「村上君」という感じでしたか?

村上　いちおう「村上さん」でしたが(笑)、まだ僕も三十歳くらいだったし、彼にとっては大学院生みたいな感じだったでしょうね。

柴田　小説を書く前に趣味で翻訳をなさっていたころには、村上さんのお店に編集者なんかがお客として来ていたわけじゃないですか。それがなんかの拍子で、「僕ちょっと趣味で翻訳もやってるんですけど……」「え、じゃあ見せてよ」みたいな展開だってあり得たわけですよね。もしそれで訳書が出版されて、翻訳者になれそうだったら、小説家ではなく翻訳者になっていたという可能性はありますか。

村上　いや、それはないですね。とてもじゃないけどそんなこと、自分から口に出せないですよ。翻訳は本当に好きでやっていただけで、翻訳家になろうなんて、あるいはなれるなんて、思ったこともありません。うちの店のお客にはなぜか、作家とか編集者とか文壇関係者が多かったんですが、どちらかといえば隠れてこそこそそういうことをやっていたという方が近いです。

柴田　なるほど、そういうものですか。

村上　今でも覚えているのは、高校時代の英文和訳の参考書にカポーティの短篇小説“The Headless Hawk”(「無頭の鷹」)が例文として入っていて、それを読んで「おお、こんなにすばらしい文章が世の中にあるのか」と、高校生なりに感動したことです。参考書に載っていたのは出だしの数ページだけだったんですが、そこには美しい音楽を耳にしたときと同じような、素敵な感動がありました。世界の風景がこれまでとはちょっと違って見えてくるような、特別な感覚がありました。結局二十年以上あとになって、「無頭の鷹」を きちんと翻訳する機会を得たわけですが[*4]、それは僕にとっては感無量というか、大きな喜びだったですね、やっぱり。英文和訳の参考書もちゃんと人生の役に立つんです（笑）。

そういえば、柴田さんは前に、高校生向けの英文和訳の本を出したいって言っていましたよね。

柴田　ええ。高校生にも読める易しさの、読んで面白い小説やエッセイが並んでいて、詳しい注釈があって文法的なこともひととおり学べて……という画期的な本を作って未来の村上春樹に読んでもらいたい（笑）。

村上　あと高校生のときにやったので覚えているのは、モームの『密林の足跡』だったかな。南雲堂なんかが出しているテキストを買ってきて、一生懸命訳しました。だれに頼まれたわけでもなくね。楽しかったな。数学の参考書なんてまったく手もつけませんでしたが（笑）。

柴田　僕が使ったのは、培風館という出版社から出ている英文解釈問題集でしたね。モームなんかも入っていました。Maugham を何と読むかわからなくてモーガンだと思ってたけど。それを授業の外でやっておけと英語の先生に言われて、ちゃんとやったんですけど、最初は訳そうにもぜんぜんできなかったですね。だけどやっているうちにだんだんわかってきて、最後のほうになると、いま村上さんがおっしゃったように、もう訳すのが楽しくてしょうがない、みたいになって。

＊4　「無頭の鷹」「小説新潮 臨時増刊」一九八五年夏号に掲載。その後、『誕生日の子どもたち』（文藝春秋、二〇〇二年五月）に収録。

村上　高校生のとき？
柴田　高校二年か三年かなあ。翻訳に開眼したのはそのときですね。日比谷高校で、生徒のほうはともかく、いい先生がまだいっぱいいた時代でしたから、英語の授業はよかったですよ。
村上　僕は神戸の公立高校だったけど、灘高の生徒と同じバスに乗り合わせたりすると、難しそうな英語の原書を抱えていたりして、「ふん、なまいきなやつらだな」とよく思いました。僕らは普通の公立高校だからぜんぜんそういう雰囲気はなくて、英語で本を読んでいる生徒なんて誰もいなかったです。僕自身はなぜかその頃から、英語で本を読む習慣を身につけていましたけど。神戸の古本屋では英語のペーパーバックがすごく安く、いっぱい買えたんです。それが楽しかった。人とは違うことをするのが、昔からわりに好きだったかもしれない。

翻訳チェックから学んだこと

村上　翻訳の出版で言うと、まず最初にフィッツジェラルドの作品集を出しました。『マイ・ロスト・シティー』。僕の好きな作品をいくつか集めたものです。これを出せて嬉しかったですね。ひょっとしたら自分の小説が出るより嬉しかったかもしれない。自分の小説って、なんか恥ずかしかったから。

その次が、レイモンド・カーヴァーの短篇小説をセレクトした『ぼくが電話をかけている場所』です。たしか八二年くらいに、カーヴァーの "So Much Water So Close to Home"（「足もとに流れる深い川」）をたまたま読んで非常に感動し、いくつかの作品を訳しました。そのすぐあとにアメリカに行く機会があったので、そこでカーヴァーと会って話をしました。アーヴィングとも会いました。アメリカ国務省の招待で数週間渡米することになって、「誰とでも好きな人と会わせてあげる」と言われたので、これはラッキーだと思って、「アーヴィングとカーヴァーに会いたい」と希望したら、ちゃんと会わせてくれたんです。あれはほんとに貴重な体験だったな。

カーヴァーと会ったときには、既に彼の作品を翻訳出版していて、彼もそのことを知っていた。だから歓迎してくれました。「僕の知り合いの日本人に君の翻訳を読んでもらったんだけど、とても良い翻訳だと褒めていたよ」と言ってくれて、それはすごく嬉しかったな。カーヴァーもまだそんなに有名になっていなかったから、「ぼくの本が日本語に翻訳されるなんて信じられないよ」みたいな感じでしたね。

このときは、柴田さんとはまだ出会っていなかった。まあ、カーヴァーのテキストは訳し方が骨折れるだけで、英語的に見ればそんなに難しくはないですから、なんとかひとりでやれたんだと思います。フィッツジェラルドからカーヴァーというのは、考えてみればなかなかすごい転換だけど、いろんなタイプの作品を訳すというのも大事なことですよね。そう実感しました。そのあとたしかアーヴィングの『熊を放つ』を訳したと思うんだけど。

柴田　だと思います。

村上　『熊を放つ』のときに、翻訳チェッカーのチームを組織したんです。ずいぶん長い小説で、僕ひとりじゃとてもできそうにない。それまで翻訳したのは短篇作品ばかりで、長篇を訳したことはありませんから、最後まで一人でやりきる自信がなかったんです。で、ひととおりざっと訳したものを、ちゃんと英語のできる人に洗ってもらいたいんだけど、そういうことは可能だろうかと安原さんに相談しました。じゃあ、チェックしてくれる人を探そうってことになって、柴田さんと畑中（佳樹）君と斎藤（英治）君、武藤（康史）君、上岡（伸雄）君、その五人が集められた。『熊を放つ』の翻訳は「マリ・クレール」[*5]に連載したんです。僕はわりにあらっぽくどんどん翻訳を進めて、それを五人にチェックしてもらって、それを僕がまた手直しして、という手順でした。その作業のために軽井沢にも行きましたよね。

柴田　そうですね。軽井沢には行きましたけど、村上さんといっしょではなかったですね。

村上　うん、いっしょじゃなかったです。

柴田　当時は中央公論社の別荘みたいな、作家や関係者が宿泊できる施設が中軽井沢にあったんですよね。その建物の外になぜかおっきい犬がいて、逃げようにも逃げられないという場所で（笑）。そこへは僕たち五人で行きました。

村上　あそこで柴田さんたちと顔を合わせた

＊5　「マリ・クレール」フランスで創刊された月刊ファッション誌の日本版。当時は中央公論社から発行されていた。ジョン・アーヴィングの『熊を放つ』（八四年七月号〜八五年四月号に連載）のほか、ポール・セローの「コルシカ島の冒険」（八六年十二月号）、レイモンド・カーヴァーの「轡（くつわ）」（八九年五月号）、「使い走り」（八九年十二月号）、「でぶ」（九〇年八月号）などを掲載。

ことはありませんでしたね。僕もよくあの軽井沢の家に行って、泊まり込みで仕事をしていましたけど。

柴田　ええ、ですから……初めて村上さんとお会いしたのは、刊行記念というか、打ち上げの飲み会をどこかでやったときでした。だからもう本ができあがった時点ですね。

村上　あのころは僕もまだ若かったけど、みなさんは二十代でしたよね。

柴田　八六年に本が出たとすると、僕は三十過ぎていたかな。他のみんなは二十代ですね。

村上　五人の作業というのはどうやっていたんですか。

柴田　常に五人で集まっていました。「じゃあつぎ、この段落ね。どこがおかしい?」というふうに、だれが司会をするというのでもなく、とにかく翻訳の「ここがおかしいと思う」ということをだれかが指摘して、それじゃあどうすればいいかをみんなで相談して……。

村上　不思議なのは、英語がそんなにできない人も入っていたことですよね。武藤君。

柴田　武藤君は国文学の専門家で日本語の達人だから、「この日本語、合ってる?」と武藤君にお伺いを立てるというやり方でしたね。一連の作業はすごく勉強になりました。みんな若造で実績ゼロでしたけど……畑中君だけは、その当時もう、けっこう実績がありましたけど。

村上　それだけのメンバーを、安原さんはどうやって集めてきたんだろう?

柴田　安原さんが「マリ・クレール」の編集部にいた頃ですよね。畑中君があの雑誌の書評欄なんかをレギュラーで書いていて、他にだれかいないかと安原さんが畑中君に聞いて、斎藤君が最初に入り、武藤君や僕も入れてもらったという感じですね。上岡君はそこにはまだ入っていなかったかな。

村上　安原さんはそのころ「海」[*6]はやっていなかったですよね。

柴田　「海」はもうなくて「マリ・クレール」ですね。

村上　というわけで、『熊を放つ』を一冊なんとか最後まで訳したんだけど、自分の訳した文章を五人にじっくり洗ってもらって、これはすごく良い勉強になりました。自分はこれくらいいっぱい間違いをおかすんだというこ とが、よくわかった(笑)。勢いをつけてどんどん訳しているから、訳した文章だけ読めば一見して筋は通っているんだけど、原文と照合してみると細かい間違いがなにしろたくさんあって……。僕は英文法みたいなのが昔から苦手だったから、今にして思えば脇が甘いというか、細かいところがかなり杜撰《ずさん》だったんです。やっぱり専門家にきちんとチェックしてもらわないと、そのへんはなかなか学べないものなんです。それ以来、柴田さんのお世話になっているわけです。英文法もそれなりに勉強しました。

柴田　本当は、常にそうやって五人くらいのチームでチェックすればいいんでしょうけど、やっぱり膨大な時間がかかりますからね。

村上　そんなことをしていたらお金もかかるし、営業的なことを考えたら、とてもペイしないですよね。

柴田　でまあ、だんだん、チェックするのはなんとなく僕ひとりというふうになっちゃったんですけど……。僕らは僕らで、そうか、

*6　「海」　月刊文芸雑誌。中央公論社（現中央公論新社）刊。一九六九年七月創刊。一九八四年五月号をもって休刊。

翻訳ってこういうふうにやればいいんだというふうに、むしろ村上さんの訳稿をチェックしながら勉強させてもらいました。

村上　とにかく翻訳というのはもともとが「誤訳の温床」みたいなものだから、クロスチェックというのはものすごく大事ですよね。誰だって間違いをおかすし、誰にも盲点みたいなものがあります。

柴田　じつはすべての翻訳でそれをやるべきなんですよね。翻訳者Aがやったものを翻訳者Bがチェックして、ここはこうじゃないですか、と指摘するということを。そうするのが本当はいいと思うんだけど、まあ、それだと商売にならないかもしれない。僕もときどき共訳をして、共訳者が僕の翻訳を見て誤訳とかを指摘してくれると、すごくありがたいですね。翻訳者としていちおう地位を確立してしまうと、もう誰もみっちり見てくれなくて、なかなか学ぶ機会がないですからね。

柴田先生が僕の大学だった

村上　ともあれ『熊を放つ』で、翻訳というのは、ああ、こういうふうにきちんと一語一語、的確にやらないといけないんだということを学びました。これはやっぱり、そういうラディカルな人選をした安原顯という人に感謝するべきなんだよね。ふつうだったら会社から「五人なんて、ちょっと君それは……」って言われるに決まってる。言われても気にしない人しかできない。ただあのころは、雑誌に広告がたくさん入ってお金が充分あったから。「マリ・クレール」のおかげなんですよ。バブルの恩恵というか、いちばんいい時期にめぐりあったと思う。今だったらあんな贅沢なこと、とてもじゃないけどできないですね。

そのあと、『ワールズ・エンド（世界の果て）』（ポール・セロー著）と『偉大なるデスリフ』（C・D・B・ブライアン著）というのを僕は訳したんですけど、これはたしか、ひとりでやったんじゃないかな。

柴田　あ、僕、チェックしてますよ。

村上　チェックしてた？　どれを？

柴田　『ワールズ・エンド』も『偉大なるデスリフ』も、どっちもやっています。

村上　本当に？　失礼しました（笑）。『ワールズ・エンド』は文藝春秋から、『偉大なるデスリフ』は新潮社から出ました。

柴田　『熊を放つ』のときは、村上さんの訳稿がゲラ（校正用の刷り物）になったものをもらってチェックしたわけですが、『ワールズ・エンド』は村上さんの手書きの原稿段階のものをもらうんですよ。もちろんコピーですけど。僕はそれにこう、文章の横に赤ペンで指摘を書き入れていくんです。

村上　『ワールズ・エンド』は短篇集で、雑誌に掲載したんだっけ。

――編集部　「文學界」に四作、「東京人」に四作、そして「マリ・クレール」にも一本掲載しています。八六年に大半を訳されていますね。柴田さんへの謝辞はちゃんと入っています。

村上　すっかり忘れちゃってた。申し訳ない（笑）。

柴田　『デスリフ』のほうでは、初めて新潮社クラブに行ったのを覚えています。さっきの軽井沢の別荘が東京の真ん中にあるみたいな感じの場所で、お茶や食事を出してくれる人とかに村上さんが実に礼儀正しく接しているのを見て、そうか作家ってべつに威張るのがデフォルトじゃないんだとあのとき学びました（笑）。

村上　そのあとで『and Other Stories』[*7]を出したのかな。

柴田　『and Other Stories』は『熊を放つ』が出た時点で、こういうアンソロジーを作りませんかと、村上さんが僕たちに声をかけてくださったんです。

村上　せっかくみんなでやったんだから、記念に現代アメリカ作家の好きな短篇をひとつずつ持ち寄って、訳して一冊にまとめて出しましょうということになって。面白い組み合わせの短篇集でしたね、あまり売れなかったけど。

柴田　僕はここでいちはやくスチュアート・ダイベックやスティーヴン・ミルハウザーの短篇を出させてもらえて、とてもありがたかったです。二年後の八八年に出版されていますから、本にするまでにけっこう時間がかかったんですね。

村上　僕はそういうことを体験しながら、翻訳のやり方をひとつひとつ学んでいったわけです。というのも、大学ではほとんど勉強をしなかったから、なんにも学んでないんだよね（笑）。早稲田の映画演劇科というところに入って、どちらかというと映画関係の仕事

＊7　『and Other Stories――とっておきのアメリカ小説12篇』（文藝春秋、一九八八年九月）

につきたかったんだけど、そのころはもう映画業界っていうのはどん底で、とてもじゃないけど就職口なんかないから、勉強するモチベーションみたいなものがわかない。大学紛争の時代だったし、とにかく勉強しようという雰囲気がまったくなくて、翻訳することに興味はあったけど、だからといってそのための勉強はとくにはしなかった。大学を出てから勉強を始めたようなものです。アカデミックなものにはもともと興味がなくて、実際に自分で手を動かしながら学んでいくタイプなので、柴田さんなんかといっしょに仕事をしながら、翻訳技術を実地的に身につけていったんです。僕はどちらかというと、教室よりはストリート系だから（笑）。柴田先生が僕の大学みたいなものだった。

柴田　僕も翻訳についいては専門的に勉強したことはまったくないです。大学と大学院では、とにかく辞書をていねいに引いて、一行一行細かく正確に読む、ということはたたき込まれましたけど。

村上　東大の英文科には、翻訳を専門に教えるクラスみたいなものはなかったんですか？

柴田　なかったですね。かつての英文科というのは、すべてを原文で読むべきである、というたてまえでしたから。「どういう意味か」は考えても、「どう訳すか」はあんまり問題にならない。一回だけ大学院で、ヘンリー・ジェームズの超難解な文章を和訳するという試験を課されたことがあって、めずらしいなと思ったくらいで、あとはもう、日本語に翻訳する必要はない、というのが前提なんです。

村上　ふうん、それは面白い考え方ですね。

柴田　たとえば駒場の元同僚のフランス語専

門の知人は、「柴田君、どうしてそんなに翻訳ばっかりするの?」と。「いや、翻訳したほうがよくわかるし、楽しいし」と言うと、「僕は原文で読んでわかっちゃうから、翻訳する必要ないんだよ」みたいなことを言うんですよね。僕はやっぱりまだ、いまだに英語が外国語で、日本語に訳して初めて、わかった気がするんですよね。

村上 でも柴田さんは、東大の先生をやっているあいだ、翻訳のクラスを持っていましたよね。

柴田 そうです。前はそういう授業ってあんまりなかったから、ちょっと使命感みたいなものもありましたね。最近はそういう授業も増えてきていろんな大学でやってるけど、ただそれは、翻訳の重要さがアカデミズムでも認識されるようになったというよりは、世の中にそういうものの需要がありそうだから、大学がそれに合わせるようになった、という感じです。あとはやっぱり、昔はアメリカ文学、フランス文学の本質とは何か、というふうに、それぞれの国の、一国の文学というものを、何かしら完結したものとして考えていたわけですけど、今はたとえばアメリカ文学に隠れているアジア的な要素とか、つながりということが重視されるようになった。そうすると、やっぱり翻訳というのは重要な作業だというふうに、以前よりは見るようになったということはあります。

村上 比較文学が力を持つようになってきて、それで翻訳に対するものの見方が変化してきたということなんだ。

柴田 ええ。

村上 アメリカでも、たとえば僕の小説の英訳をやってくれている人たちは、ジェイ・ルービンにしても、フィリップ・ゲイブリエルにしても、アカデミックな世界ではどうも、「あいつら翻訳ばかりやって」というふうに見られているようです。研究をして、論文を書いて発表して、それが学術誌に載って評価されるという世界では、翻訳をやってもあまり学者としての点数にならない。翻訳というのはどうしても軽く見られる。

柴田　アメリカは日本以上にそうですね。だから若手はあまり翻訳をやらないほうがいいとアドバイスされたり、ペンネームで訳したりする。テニュア(終身在職権)を取るまでは、翻訳ばっかりやってるやつというふうには見られないほうがいいと考えられているみたいです。

翻訳はにこにこしながらやっています

村上　職業的小説家でいえば、僕くらいたくさん翻訳をやってる人はあまりいないですよね。

柴田　日本では森鷗外だけですね。

村上　『諸国物語』ですね。漱石は翻訳をどれくらいやったのかな?

柴田　漱石はほとんどやってないです。漱石と鷗外の翻訳に対するかかわり方のコントラストってすごいですよね。鷗外は、手に入ったものはなんでも、どんどん訳している感じです。

村上　それはもうキャラクターですかね。使命感というよりは。

柴田　キャラクターですね。翻訳もそうだし、岩波文庫で出ている『椋鳥通信』、あれはようするに、シベリア鉄道経由でドイツから新聞を取り寄せて、こんな記事があった、あんな記事があったというのを、ただただツイッターみたいに書いている。それも匿名でやっていて、当時の「スバル」に載っていたけど、人気もそんなになかったらしいんですよね。だれも喜ばない。だけどやっている。そういう、取り込んでは出す、というのを、ちょっと異様なくらいにできる人だったんですね。

村上　僕もね、小説を書いたりするのは、「これは自分がやらなくてはいけないことだ」とか思って、いちおう決意してやるんだけど、翻訳に関しては、放っておいても自然に机に向かってやっちゃうんですよ。とりあえずやることがないと、「さあ、翻訳でもしようかな」と思う。ほんとに趣味の世界ですね。縁側の盆栽いじりみたいなものです。だいたい仕事だとは思っていない。やるなと言われても、ついやってしまう。ただ、そんなに長い時間はできません。パズルみたいなものだから、一時間か二時間やると頭が疲れてきて、「小説書くか」という感じになります。翻訳は、小説を書くときとは、脳みその違う部位を使っているんですよね。小説を書くときはこっちのほうを主に使って、翻訳やるときはこっちのほうを主に使う、という感じ。だから、かわりばんこにやっていると、頭脳のバランスがよくなって、すごくいいですね。靴底の片減りみたいなことがおきない。とすると、翻訳だけやっている人って、すごく疲れるんじゃないのかなと思ってしまうんだけど。

柴田　いや、疲れないですよ。大学の書類書きの仕事とか、面倒でほんとならやりたくない仕事、やらずにすませたいような仕事があったりするじゃないですか。そういうのをがまんしてこなして、ほとんどごほうびみたいに翻訳をやる。とにかく飽きないですね、ぜんぜん。

――**編集部**　柴田さんは、おしゃべりしながらでも翻訳できちゃうという話は本当ですか？

柴田　できますね。今ここでやれって言われてもできます。もちろんスピードは落ちるし、あくまで第一稿作りであって、あとでちゃんと練りますけど。

村上　僕は小説を書くときには、あんまり音楽って聴けないんです。もし音楽が鳴っていても、集中しているからほとんど耳に入っていないんだけど、翻訳だとね、テクニカルな領域の作業が多いから、音楽を聴きながらやれるのがいい。ボーカルはできれば入らないほうがいいかなと思うけど、とにかく翻訳しながらなら好きな音楽が聴けて楽しいですよ。

柴田　僕も翻訳は遊びなので、遊びだったら、いい音楽が鳴っているほうがいいということで、鳴ってないことはほとんどないですね。

村上　小説に関しては、僕は一種の責務だと思っているんです。人生を通して、自分がきちっとやらなくてはいけないことだと。でも翻訳作業に関しては、これは人生の bounty（恵み、贈り物）なんだというふうに感じているから、だいたいにこにこしながらやっています。次はこれをやろうかなとか、いや、こっちを訳さなくちゃなとかね、そんな具合に頭のなかで段取りを立てていくのも楽しいですよ。それに僕の場合、締め切りというものがありませんから、極端な話、原文にわからないところがあったら、三日でもそのことをずうっと考えていられる。出版社が決めた締め切りがあって、いつまでに終えなくちゃいけないとなると、そんな悠長なことはしてられませんよね。そうなるとけっこうしんどいし、ストレスフルかもしれないけれど、僕の場合は幸いなことにそうじゃないから。パズルと同じで、この英文はどういう意味だろうって、三日くらいずっと腕組みして考えている。そうしていると、まあだいたいどういうことか想像はついてきます。

柴田　でも作家であるわけだから、翻訳しながら原文を読んでいて、僕だったらこうは書かないなとか、ここはこう書いたほうがいいんじゃないかなとか、そういうふうに張り合うような気持ちになったりしないんですか。

村上　それはほとんどないですね。小説というのは、書く人によって見ている世界がまったく違うから、下手な文章は下手な文章のよさというのがあるんですよね。下手だなと思うところがあったとしても、その小説はおそらく下手なところでバランスをとって成立している世界なんだから、僕がとやかく言うことじゃないんです。できることならあまり動かさないほうがいい。バランスを崩さないほうがいい。原則としてはそういうスタンスで翻訳をやっています。

でもそれとはべつに、柴田さんのチェックが入って、ここのテキストの文意はこうではないですかと言われて、柴田さんの言うことは正しいけれど、僕はやっぱりこっちのほうがいい、こういうふうにやりたい、と言うことはたまにありますよね。ご指摘はごもっとも、だけど、こうしたほうがいいと思います、という感じで、自分なりに訳してしまうことがある。「柴田さん、すみません、これでやらせてください」と頼めば、「いいですよ」って言ってくれるから。「だめです」とは言われない（笑）。

柴田　だめとは言いません（笑）。

村上　僕は自分が小説家だからわかるんだけど、小説家は決して完璧じゃないんですよね、どう考えたって。だから、そこにある文章は、完璧な不動のテキストというわけではない、というのが僕の考え方です。だとしたら必要に応じて、ぜんたいのバランスを崩さない程度に、翻訳が原文と少しくらい違っていてもかまわないんじゃないかという考えは、心の隅の方にあります。あんまりやり過ぎると問題が出てくるだろうけど、たまにはいいんじゃないかと。テキストを金科玉条みたいに細かいところまでごちごちに奉《たてまつ》ることもないだろうと。

翻訳家は自慢しちゃいけない

村上　自分の作品について言いますと、僕はたまに自作の朗読をすることがあるんだけど、そのたびに自分の文章にどんどん手を入れて直していくんです。音読すると、「これは書き直した方が読みやすいな」というところがだんだん見えてくるから。このまえ熊本で「鏡」という作品を読んだんだけど、[*8]これも前の日にずいぶん細かに手を入れて、真っ黒になって読めなくなるくらい直しました。どんな作品にもそういう余地みたいなものはあります。僕は機会があれば、自分の作品をわりに細かく書き直していますし。

柴田　なんというか、ようするに字面どおりに正しいのが必ずしも正しい翻訳とは限らない、というのは、このごろ痛感するようになりましたね。形の上で正しい翻訳が、最も原文の「スピリット」を伝えているとは限らない。

村上　例えば僕は、カーヴァーの作品はぜんぶ訳しているから、カーヴァーの小説のサウンドみたいなもの、考え方とか、ものの見方、世界観、そういうものがだいたいつかめている。それさえしっかりつかめていれば、多少細かいところを突っ切っても、全体としてはちゃんと通じちゃうんだよね、というところはあるんです。ただ、具体的にこまるのは、例えばチャンドラーなんかだと、わりとさっと書き流しているのか、小説のこっちとあっちでぜんぜん違う事実があったりします。ある人が、ここでは茶色い靴を履いていたのが、次のページでは黒い靴を履いている、みたいなことがあって、編集者も、そのへんをあまりきちんとチェックしてないんですね。そういうときに、それを翻訳で直すかどうかというのは、判断がなかなか難しい。僕はまず直さないし、訳註もつけない。間違いがあるのがオリジナルだから、それはそれでいい。靴

*8　村上春樹×都築響一×吉本由美「CREA〈するめ基金〉熊本」。二〇一六年九月八日、熊本地震の被災地を支援するために開催されたスペシャルトークイベントで朗読。

の色がちょっと違ってもしょうがないだろうと。文章として読みやすいか読みにくいかという方がずっと大きな問題になりますね。

柴田　これまで村上さんの翻訳を何冊かチェックしましたけど、ちょっと言い過ぎだったかな、とこのごろ思うようになって（笑）。原文に“very tired”とあって「疲れている」とだけ訳してあったら、“very”があるんだから「すごく疲れている」と強調を入れるようにという指摘を僕はしてきましたけど、そもそも“tired”と「疲れている」も同じとは限らないし、本当に字面どおり、そういう強調があったら強調をそのまま訳すのが正しいかというと、そうとはぜんぜん限らないなと。とくにこの数年は、日本語から英語に訳す作業にもつきあうようになったので、それでわかったんですが、英訳の翻訳者たちはもっと自由に考えるんですね、全体としてこのくらいだろうなという感覚で、形容詞が三つくらい並ぶときも、訳すときはべつに一つでいいとか、あるいは逆に増やすとか、もっと自由にやってるんですよね。

村上　たとえば英語で“It's different.”という言い方があるじゃない。ふつうはそのまま「それは違う」って訳すんだけど、「ちょっと違うんじゃない」っていうふうに言っても、意味としては変わらないんですよね。

柴田　たしかに。むしろそのほうが訳としてよかったりしますよね。

村上　そういうところはね、ニュアンスが難しい。ただ、“very”が原文にある、ないというのを指摘されるのはすごく勉強になります。それを訳すか訳さないかはこちらの自由だとしても、“very”がありますよと言われると、あ、そうだ、あったな、読み落としているなというふうにきちんと意識するから。直すか直さないかはべつにして。

柴田　じゃあ、とりあえず指摘はしていいんですね。

村上　そうです、そうです。僕はね、小説に関してもおおむねそうだけど、自分の書いた文章に対して何か注意されても、あまり気を悪くしないたちなんです。

柴田　そう、それがね、村上さんの本当に稀有なところだと思います。翻訳って、なまじある程度は正解・不正解があるから、直されるとみんな傷つくというか、なんか根に持つみたいなんですよね。

村上　僕は正直に言って、学校の成績がそんなによくはなかったんです。一貫して「まあまあ」というくらいだった。あんまり勉強するのが好きじゃなかったんです（笑）。子供の頃から成績がよくてずっと上の方でやってきた人は、何か注意されたりするとこたえるというか、ちょっとカチンとくるのかもしれないけど、僕はぜんぜんそうじゃないから、わりに謙虚です。柴田さんはずっと学校の成績がよかった人なんだろうと、僕は想像するんですが。

柴田　はい、体育とか図工とか実技的なものは全部駄目だったけど、ペーパーテストで片付くものは全部よかった。

村上　小説に関しても、僕はジャズ喫茶の主人からある日、突然小説家になってしまったような人だから、はたからあれこれ言われるのはまあしょうがないだろうと思って生きています。おまえには言われたくないよというやつは、もちろんいるんだけど（笑）。でも、文句を言われること自体に関しては、僕はあんまり気にしない。昔から気にしなかったし、今でも気にしない。所詮、不完全な人間が不完全な小説を書いているんだから、何を言われてもしょうがねえだろうと。

——編集部　小説の原稿のことだったと思いますが、何か指摘があるということは、何かしらの問題があるはずだから、指摘のとおりに直すとは限らないけれども、必ずそこについては考えることにしているとおっしゃっていましたね。

村上　小説に関してはね。小説に関しては、とにかく何か文句をつけられたら、その文句をつけられた部分はなんらかのかたちで書き直してやろうと、最初から決めています。どんな文章にも必ず改良の余地はあるというのが、僕の基本的な考え方ですから。でも翻訳の場合はだいたいにおいて、間違いか間違いじゃないか、そのどっちかしかないわけですよね。あくまでテクニカルな問題です。小説の場合は、間違いか間違いじゃないかだけの話ではないです。おおげさにいえば、世界観の検証みたいなことになってくる。

翻訳に関しては、これはもうとにかくテクニカルに完璧に近づけていけばいいんです。いちばん大事なのは、より正確なテキストを作っていくことだから、そこにエゴとか、プライドとか、そういうものがあれこれ入り込んでくる余地はない。僕は翻訳家というのは自慢しちゃいけない職業だと思っているんです。だって、こちらが何かひとつを自慢している間に、人々はぜったい三つか四つの誤訳を見つけているからね（笑）。だから、翻訳に関しては、僕は何によらずぜったいに人前では自慢するまいと心を決めているんです。

よくいるじゃない。ここまで苦労して調べてやったんだぜ、とか言う人が。でもそういう能書きを並べているあいだに、「でもあんた、ここ間違えてるよ」って誰かに指摘されるに決まってるんだから。

——編集部　実際の翻訳チェックのセッションの様子についてお話しいただけますか。

柴田　村上さんの翻訳ができ上がると、それをプリントアウトしたものが送られてきて、僕はそれを原文と照合しながら、問題点を洗い出しておきます。単なる訳語一語の問題だったらいちおうの「正解」を用意しておくし、もう少し込み入ったセンテンス全体の問題だったら、だいたいこういう方向で直すといいですという提案を考えておく。その上で、村上さんと直接会って、どう直すのがいいか考えていただくわけです。

村上　僕と柴田さんの翻訳チェック作業はにせ速いです。だいたい出版社の会議室みたいなところで、二人で額をつき合わせてやるんですが、柴田さんから何か指摘があれば、その場でささっと考えて、じゃあここはこうしましょうみたいに決めて、僕がゲラにその修正を書き込みます。どうしてもその場で良い案が出なければ、この部分はうちに持ち帰ってじっくり考えましょう、みたいにして、とにかくどんどん先に進んでいく。もたもたしていると疲れて、能率が落ちてきます。スピードが大事なんです。ぶ厚い長篇一冊を一日で片付けてしまうことだってありましたよね。

柴田　ありましたね。長くて二日とか。

——編集部　柴田さんにとっては、人が訳したものをチェックする作業と、ご自分で訳していく作業との違いはあるのでしょうか。

柴田　精神衛生にどっちがいいかの問題ですね。自分でやるのは、常に精神衛生にいいですね。人の翻訳を見るのは、いい翻訳だったら、同じくらいいいですね。僕も勉強になるし。いい翻訳じゃないと、精神衛生にはよくない。簡単な話です。

村上　柴田さんとやっていていつも思うんだけど、どのへんまで指摘するかという選択も難しいですよね。やりだすときりないだろうし。

柴田　そうですね。それ以上に、訳文の声が定まっていないと、どう直したらいいのかわからない。どういう間違いかはわかっても、それをどういう日本語に直したらいいかという方向性が決まらない。トーンがないから。そういう場合はやっていてつらいですね。

村上　他の訳者のチェックをすることもあるんですか。

柴田　いえ、精神衛生に悪いことはなるべく避けるようにしているので、村上さんのようにたくさんやっている相手はいません。ときどき成り行きで、一冊見てあげるというようなことはありますけど。

言葉の流れをキープする

村上　柴田さんのチェックというのはすごく綿密で、しかも、ここは明らかに間違いだから直したほうがいいというのは赤ペンで、ここはできれば直したほうがいいかもしれないというのは青いペンで書いてあって、とてもわかりやすくて、しかも字も読みやすい。

柴田　字は、村上さんの最初の手書きの原稿を渡されたときに、面白いから筆跡を真似て書こうとしたんですよ……もともとそんなに違わなかったし、コピーをとっちゃうと、書き込んだのが僕なのか村上さんなのか、わからなくなったこともあるくらい似せて書けます(笑)。

セッションが速く進むのは、やっぱり村上さんが、直されていちいち傷つかないから、自己愛回復のための余計な時間が要らないおかげですね。昔、中日に松本というピッチャーがいて、この人が木俣っていうキャッチャーと組むと、異様に試合の進みが速かったんですよ。松本は振りかぶったときに木俣のサインを見て、そのまま投げちゃう。つまり、サインに首を振るなんてことを一切しないんです。それで試合が早く終わるんですよ。セッションではそれをいつも思い出します。英語で言うと、村上さんは"ready to be corrected"。

村上　僕と柴田さんの作業はだいたい朝の十時とか十一時から始めて、夕方までずーっとぶっ続けでやってます。十時間くらいやっていたこともありました。あいだでうな重を食べたりするけどね(笑)。僕らももちろん大変だけど、そばでつきあっている編集者もずいぶん疲れると思いますよ。僕にはとてもあんなことできない。ときどき横で居眠りしている人もいるけど(笑)。でもね、やっぱりじっくり時間をかけて、実際に顔をつき合わせてやらないと、お互いの細かなニュアンスが伝わらないです。僕が「でも、ここはこうじゃないんですか」と言うと、「いや、これはこうですから」と柴田さんが説明して、そういうやりとりがあって、そこで「なるほど」と話が決まっていく場合が多いですからね。

——編集部　柴田さんの指摘が端的でわかりやすいのと、村上さんが言葉を選ぶのが速いことがありますよね。

村上　言葉を選ぶのは速いかもしれない。うちの奥さんによく「吉野家」って呼ばれてます（笑）。

柴田　あと、もともとそんなに大幅に間違っていないというのは大きくて、つまり、この段落全体がなんか歪んでいるとか、方向性が微妙にしかし全体的にずれているとかだと、一語一語直していってけっこう膨大な作業になるけど、ようするに僕の指摘は、ほとんどが細かいところなんですよね。まえはよく、腎臓（kidney）と肝臓（liver）が逆になっていることがあって……。

村上　あのふたつはよく間違えるんだよね。なんでか知らないけど（笑）。

柴田　だけど、ふつうの翻訳家だったらちょっとここは苦労するだろうなという、込み入った段落なんかは、村上さんの場合、実に的確なことが多いんですよね。やっかいな箇所ほど、勘どころをつかんでいて、逆に直す必要がないという実感があります。

村上　僕が思うに、翻訳のいちばん大事なところは、言葉の流れをキープすることなんですよね。英語の文章の流れ方と、日本語の文章の流れ方は、多くの場合違ってますから、どんなふうにもとの英文を解体して並べ替えるかということが、すごく大事になってきます。そういう並べ替えの下手な人の翻訳というのは、なかなかすんなりと読めません。逐語的に訳は間違ってはいないし、論旨もいちおう通っている。でも、翻訳の文章を読んでいて、「え?」と思って、もういちど読み返すことがあるじゃないですか。これはいったいどういうことなんだろう、何が言いたいんだろう、と。そういうのはやはりまずいですよね。どんなに難しい内容でも、一回読んで内容がいちおうすっと頭に入るというのが、優れた翻訳だと思うんです。読者をそこでいったんストップさせてはいけない。流れを止めてはいけない。もちろんもう一度じっくりその文章を読み返したいと思って読み返すのはいいんですが。

苦労したという話はあまりしない方がいいのかもしれないけど、苦労したということで僕の記憶に残っているのは、やはりティム・オブライエンの『ニュークリア・エイジ』かな。すごく好きな小説だったので、一生懸命訳したんだけど大変だった。これは僕、柴田さんにチェックを手伝ってもらったことはよく覚えています。

柴田　ほかの翻訳とくらべて、とくに苦労したということですか?

村上　なにせ長かったし、くせのある文章だったしね。悪文とまでは言わないけど、かなりごり押しするところのある文章です。これまでずっと翻訳をしてきて、強く印象に残る作品っていくつかあるんですが、この『ニュークリア・エイジ』は僕のなかに今でもしっかり残っています。この小説はどうしても自分の手で訳したかったんです。どちらかといえばあまり評判の良くない小説で、アメリカでもほとんど売れなかったし、批評的にもたたかれたと記憶しています。日本でもそんなに売れなかったけど、僕はなにしろ個人的にすごく好きです。とにかく素晴らしい小説だと思う。世代的に強く共感するところもあるし。そういう小説ってあるんですよね。

柴田　『ニュークリア・エイジ』がとくに大変だったというのは、僕は思ったかなあ……。最初にチェックをやったのは『熊を放つ』で、あの六〇年代末の熱い空気の中で、勢いで書いているところもある作品で、まあ、原文がけっこうぐちゃぐちゃなんですよね。そのあとの、『ワールズ・エンド』や『偉大なるデスリフ』は、なんとなく僕の感じとしては、村上さんの「本命」の作品というふうではなかった。で、『ニュークリア・エイジ』のときには、『熊を放つ』の次の本命が来たなという感じがありました。ようするに、村上さんはごつごつした作品を訳すんだというふうに思った記憶がある。それは覚えていますね。いわゆる難解な作品とかじゃなくて、荒さの勢いみたいなものがある作品というか。

骨のあるものをやらないと勉強にならない

村上　僕が訳した『ワールズ・エンド』はポール・セローの短篇集で、今でもポールとは親しくつきあっています。奥さんも交えてよく一緒に食事をします。彼が日本に来たときには、秋葉原のメイド喫茶にも案内しました(笑)。ポールの長男のマーセル・セローの小説も訳したし[*9]、次男のルイの本の解説も書いたし。[*10]セローさんからすれば、息子たちばかり面倒をみて、もうおれのはやらないのかと、少しすねているかもしれない(笑)。

柴田　あと大変だったのは、グレイス・ペイリーですね。

村上　いや、もう大変でした。グレイス・ペイリーはなにしろ寡作な人で、フィクションでいえば、生涯に薄い短篇集を三冊しか出していないんですが、その作品はどれもものすごく骨があって、生半可な気持ちでは対処できない作家です。大骨小骨、しっかり揃っている。でもね、骨のあるものをやらないと勉強にならないんですよね。つくづくそう思いました。グレイス・ペイリーを翻訳するのは、すごく勉強になります、本当に。翻訳ということについて考えさせられます。

柴田　ペイリーは、村上さんは早い時代から翻訳されているわけですよね。八八年刊行の『and Other Stories』に入っています。

村上　なぜかその作品世界が好きになっちゃいまして、一回翻訳をやり始めると、なんかくせになるんです。物語世界としても文体としても、僕と共通するような部分はあまりないと思うんですが、それでも個人的に大好きな作家の一人です。肌合いが違うからこそ好きなのかもしれないけど。

柴田　ペイリーのやっかいさというのは……

＊9　『極北』(中央公論新社、二〇一二年四月)

＊10　『ヘンテコピープルUSA——彼らが信じる奇妙な世界』(中央公論新社、二〇一〇年十月)

文中に出てくるのが、はっきりした引用なんかだったら、ふつうは調べがつくものなんですけど、微妙に慣用句を曲げてあったりする。カーヴァーにもそれがあるんですけど、カーヴァーの曲げ方はそれほどじゃないので、わりとわかりやすい。それよりもっと凝ってて、ネイティヴ・スピーカーじゃないと悔しい思いをするようなことが、まあ、翻訳をしているると常にあるわけですけど、グレイス・ペイリーはとくにそれがありますね。ネイティヴだったら、この不思議さというか、標準からずれた感じが、もうちょっと直感でわかるんだろうなと思います。

村上　難しいのは、ペイリーがどういう目で、何を見て、何を感じて、何をどう言おうとしているのかが、なかなか見定められないところです。普通の作家だと、その人の「視線」というのが、訳しているうちにだいたいわかってくるんだけど、彼女に関してはなかなか見当がつかない。ナックルボールを投げるピッチャーの、どこに球が来るかわからない、球道が見定められないのと同じです。とにかくこの人の場合、いわゆるコンベンショナルな文章技法というのがなくて、出たとこ勝負というか、なんでここでこんなことを言うんだろう、なんでここでこういう場面が出てくるんだろうとか、わけがわからないところがいっぱいあります。翻訳者としても、作家＝同業者としても、虚を衝かれる感じです。

柴田　短篇だから読めるんですよね。あれが長篇では読めないと思う。あそこまで突き放されたら。

村上　それはちょっとついていけないでしょうね。何か感想みたいなことを言われても、その感想が普通の感想じゃない。人が共感するだろうという感想じゃなくて、「グレイス・ペイリーの感想」だからということで成立している。これはいったいなんなんだと、訳していて思い悩むことが少なくなかったです。だいたい下手な小説にはそういうのが多いんです。でも、もちろんペイリーはそうじゃなくて、しっかりしたタフな書き手です。だからよけいに手ごわい。文章の背後にあるものを、正確に読み取らなくてはならない。だから、柴田さんとのセッションでは、「これはお互い、もうちょっと考えてみましょう」という箇所が多くなりますね。「これは村上さん、どう思いますか、僕はこう思うんですけど」「、それで僕も「そうか、そういうふうな見方もあるのか」みたいな感じで、二人で相談する。

柴田　そうですね。僕もペイリーに関しては、ネイティヴの……といっても、英語のネイティヴならだれでもいいということではなくて、ごく限られた信頼できるネイティヴの人に相談することが多いですね。

村上　ペイリーはブロンクス生まれの、ユダヤ系ロシア人二世で、両親は大陸から移民船に乗って来た人たちですよね。家庭内の言語も、英語とロシア語とイディッシュのちゃんぽんみたいなものです。ユダヤ教徒で、社会主義者で、インテリではあるけれど生活は貧しい、みたいなややこしい環境です。そういう特殊な背景をわりに忠実に描いた作品もありますが、ぜんぜんそうじゃない作品も同じくらいあります。リアリスティックなものと、寓話的なものがばらばらに混在している。中にはまったく冗談みたいなものもある。簡単には尻尾をつかませない、というと表現がよくないかもしれないけど、とにかくあっちに飛んだり、こっちに飛んだり、「なんでこんな話を書くわけ?」と戸惑ってしまうような作品が次々に出てきて、その変化にこちらの気持ちを調整していくのに時間がかかります。優れたストーリーテラーではあるんだけど、普通の話し方はしない。たしかにあれを長篇でみっちりやられたら、読者はついていくのが難しいですよね。

柴田　たとえばジョン・アーヴィングやポール・オースターだと、いくら内容は違っていても、「子どもをかわいがる人は善人」とかいったあたりは揺れない、みたいなのが何かあるんだけど、グレイス・ペイリーはそういうのが一切なくて、何を作品中で肯定しているのか、尻尾がつかめない。一方で、エッセイを読むと、「私のお母さんはえらかった」みたいなことをけっこうストレートに書いている。小説とエッセイとはぜんぜん違うんですよ。エッセイを読んでも、そのまま小説には当てはめられない。

村上　このまえテッド・グーセン[*11]がメールをくれて、グレイス・ペイリーは君のおかげで、アメリカよりも日本で有名になったみたいだって言っていました。ペイリーは女性読者にとても人気があったんです。僕がニューヨークで彼女の朗読会に行ったときも、聴衆の大半はやはり女性でしたね。ずいぶん盛況でした。でも今ではそれほど広くは読まれていないみたいですね。一時期はあんなに評判になったカーヴァーも、一回りしたというか、今はアメリカでも一時ほどは読まれていないみたいです。そういう話を出版関係者から聞き

*11　テッド・グーセン
村上作品の英訳者の一人。カナダのヨーク大学教授。志賀直哉、井伏鱒二、川上弘美等、日本の作家の作品を英訳してきた。

ました。文学の世界でも、はやり廃りみたいなのはやはりあります。僕らはそんなことにはあまり関係なく、もっと長いスパンをとってこつこつと仕事をしていますが。

カーヴァーは小説の師みたいなもの

村上　僕はカポーティとフィッツジェラルドがもともと好きで、その二人をやりたくて翻訳を始めたようなものなんだけど、二人の文章というのは、僕自身の文章にはあまり似ていないんです。彼らの散文は非常に美しくて、練りに練った長い文章が多いんです。フィッツジェラルドなんかはすごく込み入った書き方をする。僕はそういうところにとても惹かれるんだけど、正直なところ、作家としては、文体的にはあんまり影響を受けていないですね。カポーティもそう。鋭く感覚的で精緻な文章だけど、ああいう文章を自分で書こうというふうには思わない。ああいう文章を書いていると、僕の場合、小説が前に進んでいかないんです。もちろん僕の書いている小説世界が彼らとは違うから、それは当然といえば当然なことなんですが。ただ読者としては、彼らの文章を読むのがなにより好きで、だから自分で翻訳したわけだけど、それはそれでものすごく良い勉強になりました。自分とはぜんぜん違う文体を持つ作家の文章を訳してみるのって、実にいろんな発見があります。そしてそうすることによって、僕自身の文体も自然に豊かになっていきます。

一方カーヴァーは、僕にとってはある部分、小説の師みたいなものです。彼の六十三作か六十四作の短篇を僕はぜんぶ訳しちゃったわけだけど、ああいうシンプルでぶった切ったような文章で、しかもあれだけの確固として豊かな文学世界を築き上げていけるというのは、ほとんど信じがたいことです。カポーティやフィッツジェラルドとは、ずいぶんかけ離れたところに位置している人ですが、僕にとっては良いお手本になりました。影響を受けたとは言えないけど、学ぶところはとても多かったと思います。彼の短篇小説を読んでいると、自分でも短篇小説が書きたくなってきます。

――編集部　カーヴァーの小説を最初に発見されたのは？

村上　*West Coast Fiction* という西海岸の作家の作品を集めたアンソロジーで、“So Much Water So Close to Home” という短篇作品を読んで、これはすごい、本当にすばらしいと思った。まるで野原の真ん中で雷に打たれたような感じでしたね。これまでに僕が読んできたどんな短篇小説とも違っています。文章は短く、どちらかといえばぶっきらぼうなんだけど、それでいて読むものの心のひだにぐいぐい食い込んでくる。文章はリアリスティックなんだけど、それと同時に物語の運びにはシュールレアルな印象もある。

すぐに安原さんのところに行って、この人の作品をいくつか訳したいんだけどって言ったんです。発表したのは「海」でしたね。[*12]当時カーヴァーの名前を聞いたことがある人って、日本ではほとんどいなかったと思います。「いいよ、好きなだけやってくれ」と言われて、それで好きなだけ翻訳させてもらったんですが、びっくりするくらい読者の反応はよかったです。そこから始まって結局、カーヴァーの短篇をぜんぶ手がけることになりました。最初のうちは詩までやるようなつもりはなかったんだけど、途中でカーヴァーが癌で亡くなっちゃいまして、「乗りかかった船だから、彼を弔うためにも、この人が書いたものはとにかくぜんぶ僕が訳しちゃおう」と決心した。でもね、一人の作家の作品をそっくり一人でやるというのは、けっこうしんどいことだなあと途中で痛感しました。没後に未発表作品なんかが出てくると、正直言って、ちょっと厳しいなあということもありました。要するに、本人がまだ納得いかなくて、抽斗にしまい込んでいたものですからね。

柴田　僕はそういうことはめったにないですけど、それは精神衛生にはよくないですね。というのは、やっぱり、翻訳者が伝えるべきものは、自分がその作品を読んだときの快感ですから。それがないとすれば、伝えるものがないということに等しいですよね。何を訳すかは、作家単位じゃなくて作品単位で考えた方が原則としては健全です。

村上　でも奥さんのテス・ギャラガー[*13]から電話がかかってきて、「ねえ、ハルキ、レイの新しい短篇が見つかったのよ」って言われたら、「わかりました、やりましょう」って言

*12　「ダンスしないか?」「出かけるって女たちに言ってくるよ」「大聖堂（カセドラル）」「菓子袋」「あなたお医者さま?」「ぼくが電話をかけている場所」「足もとに流れる深い川」が「海」一九八三年五月号に掲載された。

*13　テス・ギャラガー（一九四三―）　アメリカ、ワシントン州生まれ。詩人、小説家。『馬を愛した男』（中央公論社）、『ふくろう女の美容室』（新潮社）。七九年、作家レイモンド・カーヴァーとともに暮らし始め、八八年、入籍。カーヴァーはその二カ月後に死去した。

うしかないですよ。もちろん僕としても自分でやりたい、他の人にはまかせたくない、という気持ちは強くあるわけだし。

僕の「クラシック御三家」

柴田　文章ということで言うと、チャンドラーはどうですか、影響は。

村上　チャンドラーからはかなりの影響を受けていると思います。小説の文体に関していえば、それは確かですね。

柴田　ああ、やっぱり。

村上　僕はチャンドラーの小説はとても好きで、昔から何度も繰り返し読んでいますが、ミステリーを書くことにはまったく興味はないんです。チャンドラーのあの独特の語法を、あるいは小説技法を、いわゆる純文学の世界に持ち込むという作業が、個人的にすごく好きだったんです。僕が小説を書こうとしたとき、モデルとするべき作家がぜんぜんいなかったんですが、チャンドラー、それからヴォネガット、ブローティガンみたいな人たちは、とりあえずの指標になりました。とくに『羊をめぐる冒険』のあたりからは、チャンドラーの影が濃くなってきたんじゃないかな。もちろん「脱構築」みたいな感じで、チャンドラー世界を自分なりに分解して、それを組み立て直して、自分のフィールドに持ち込んでいるわけですが。

だからチャンドラーを自分で翻訳するようになったのは、けっこうあとになってからですね。あえて翻訳するのを避けていた、というところがあるかもしれない。自分がやっていることにある程度近いから、翻訳でコミットすることに対する警戒感があったんでしょうね。でも六十歳を前にして『キャッチャー・イン・ザ・ライ』を訳して、『グレート・ギャツビー』をやって、それでチャンドラーもそろそろ解禁してもいいんじゃないかと。『ロング・グッドバイ』とか、『キャッチャー・イン・ザ・ライ』とか、『グレート・ギャツビー』とか、そういう僕にとって大きな意味を持つ小説作品を訳すのは、僕の翻訳者としての腕が、ある水準を超えてからじゃないと無理だろうと、ずっと思っていました。だから六十歳くらいまでに、なんとかそういうのができるくらいになってやろうと目標を立てていたんだけど、でも五十四歳くらいになって、「そろそろいけるかな」という気になってきて、それでまず『キャッチャー・イン・ザ・ライ』を訳しました。それが言うなれば僕の「クラシック御三家」です。『グレート・ギャツビー』『ロング・グッドバイ』『キャッチャー・イン・ザ・ライ』。でもやっぱり、それよりも前だったらちょっと難しかったかもしれない。不思議にわかるものなんですよね、「もうそろそろいいかな」みたいに。「まあ、バックには柴田さんもいてくれることだし」と(笑)。それらの作品は、明らかにエヴァーグリーンな文芸的クラシックですよね。

たぶんあとあとまで残るものです。もちろんいくつか定評ある既訳もあるわけで、それらに並ぶだけの、あるいは超えるだけの価値がある翻訳書にしなくちゃいけない。それなりの覚悟が必要です。

柴田　翻訳チェックでは、『グレート・ギャツビー』のときが、「原文を素直に読むとこうなります」というふうに僕が指摘をして、それに対して村上さんから、「柴田さんの言うことはわかりますけど、こう訳していいですか」と返ってくることがいちばん多かった気がします。

村上　それは自分では気がつかなかったですね。きっと深い思い入れがあって、自分なりの『グレート・ギャツビー』のイメージというのがはっきりしていたからでしょうね。なにしろ若いときからずいぶん何度も読み返している作品だから。

逆に『キャッチャー・イン・ザ・ライ』は、ほとんど読み返さなかった。十七歳くらいのときに読んで、ああ、面白いなと思って、そのあとはそのまま放ったらかしにしていたんです。どうしてかはわからないけど。翻訳するときに久しぶりに本棚から引っ張り出して読み返しまして、「ええ、これって、こんな暗い話だったっけ」とずいぶん驚きました。最後のほうはなんだか地獄めぐりみたいになってきますよね。でも十代のときを最後に、ほとんど読み返さなかったわりに、この作品の持っているリズムみたいなものは、かなりはっきりと自分の中に記憶として残っていました。それだけ文章が強いヴォイスを具《そな》えていたんだと思います。

『ロング・グッドバイ』に関しては、僕にとってとても大事な本ですから、やはり気合を入れて訳しました。訳していて、ほんとに楽しかったです。楽園めぐりみたいな感じで。これは柴田さんのチェックは受けていませんよね。

柴田　僕は、早川書房から出ている村上さんの訳書にはかかわっていないですね。

村上　早川書房は翻訳慣れしているから、編集部内でいちおうチェックしてくれます。チャンドラーは、長篇はぜんぶで七冊残しているんですが、清水(俊二)さんは六冊しかやっていません。というのは、『大いなる眠り』は東京創元社で双葉十三郎さんが訳してしまっていたから。僕はその七冊をぜんぶやろうと思っています。そうすると日本で初めて、チャンドラーの長篇作品を全て訳した人になります。これまで六冊まで訳して、残るはあと一冊。*The Lady in the Lake* が残っているだけなので、これはなんとか完成できそうです。

直せば直すほどよくなってくる

村上　『グレート・ギャツビー』の場合は、それまでにも複数の翻訳が出ていたので、僕が訳してもとくに問題にならなかったんだけど、『キャッチャー・イン・ザ・ライ』と『ロング・グッドバイ』に関しては、前の人の翻訳がしっかりと定番になっていたから、読者の抵抗は思いのほか強かったですね。「よけいなことしやがって」というような、かなり強い逆風がありました。『キャッチャー・イン・ザ・ライ』に関しては、あれは契約の関係で、白水社しか翻訳出版できないようになっているんです。他の出版社からは出せない。

柴田　でも野崎孝さんの訳もいまだ手に入るわけですよね。

村上　そう、手に入ります。白水社から翻訳を出すことになったとき、野崎さんのものと並立して出してほしいという希望を、僕の方から出しました。僕の新訳のおかげで、もし野崎さんの訳がなくなったりしたら、それはもう大変なことになりますから。それで今のところ二つの翻訳が並行して出ているわけですが、とにかく野崎訳の『キャッチャー』で育った人たちが世の中にはたくさんいまして、僕ももちろんその一人なんですが、そういう人たちの多くにとっては、野崎訳がいわば「聖書」みたいな存在になっているわけです。

柴田　刷り込み現象ですね。

村上　そこへ僕みたいなのがのこのこ新訳を出すと、野崎訳を刷り込まれていた人はむろん頭にきます。自分の大事な聖域に泥靴でずかずか踏み込まれたみたいで。まあ僕としても、その気持ちはわからなくはないんですが（笑）。だからもう、それはそれということで、古い世代はとりあえずそのままにしておいて、刷り込みのない新しい世代にアピールしていこうじゃないか、と。ところがね、学校の先生が刷り込み世代だから、「村上訳なんか読むんじゃないぞ」とか言われるらしいです

（笑）。困ったことだ。でも、あらためて読み返してみると、野崎訳はすごく正確でしたよね。

柴田　あ、そうですね。『キャッチャー』もだし、とくに『ナイン・ストーリーズ』を僕自身訳したとき野崎訳を参照してみてそう思いました。インターネットのない時代に、どうやってここまで調べたんだろうっていうくらいに。

村上　ただ、言葉の選び方とか文章の流れ、あとはやっぱり時代感覚の違いにはいかんともしがたいところがあるかもしれない。なにせ一九六〇年代半ばくらいの翻訳ですから、半世紀がたってしまっているし。

柴田　今や昭和のにおいがしちゃうんですよね。

村上　日活映画で小林旭が主演したころの訳だから。

柴田　一九五一年にアメリカで書かれた小説で、翻訳は一九六四年に出ているわけだけど、アメリカの五一年だな、と感じるよりも、日本の六四年だなというにおいのほうが、文章の前面に出ちゃうんですよね。

村上　たとえば、一九六一年に書かれた日本の小説で、今読み返してもほとんど古びていないというものは、もちろんあるわけですよね。それに比べて、翻訳の文章はどうしても古くなります。これは避けがたい現象ですね、不思議だけど。古びないオリジナルはいっぱいあるけれど、多かれ少なかれ古びない翻訳はない。だからもちろん、僕の翻訳だってあと五十年たてば、「古いなぁ」ってみんなぶつぶつ文句を言うだろうと思うし、それは更新されていって当然だと思うんです。

『ロング・グッドバイ』も、ミステリー・ファンのあいだでは清水さんの訳が聖書みたいになっています。だから「何が『ロング・グッドバイ』だ。これは『長いお別れ』だよ。題からしてぴんと来ない」って言われたりします。でも僕の感覚からすれば、The Long Goodbye というのは、「途中で長く間の開いてしまった、引き延ばされたさよなら」であって、「長い」「お別れ」とはちょっと言葉のニュアンスが違うんですよね。だから清水さんと同じ邦題は使わなかった。これはあくまで感覚の問題です。

いちばんこまったのは『ライ麦畑』です。これまで普及してきた『ライ麦畑でつかまえて』という題を、僕がそのまま使うわけにはいかない。それは野崎さんの編み出した題名ですから。そして、素敵なタイトルだとは思うんですが、これも原題のニュアンスからは少しずれています。だったらどうするかって、相当に迷ったんですが、これはもう『キャッチャー・イン・ザ・ライ』でいくしかないんじゃないかと、最後に腹を決めました。長すぎるっていう人がいるけど、そしたら『キャッチャー』って呼べばいい。アメリカ人もそうしているから。

柴田　聖典と言えば、村上さんの書く文章を聖なる文章だと思う読者もいて、「柴田とかいうよけいなのが出てきて、村上さんの翻訳に朱《あか》を入れているらしい、けしからん」みたいなことを言っているという話も聞いたことがありますよ（笑）。

村上　そうなんですか？　朱を入れられることで、文章は更に良くなっていると思うんですけどね。文章というのは基本的に、直せば直すほどよくなってくるものなんです。悪くなることはほとんどありません。翻訳についても、昔やったものを改訳したいなとよく思います。間違いをより少なくして、文章をより読みやすくしたいと思います。カーヴァーやフィッツジェラルドの翻訳には、版を変えるときにちょくちょく手を入れさせてもらいましたが、これからも機会があれば改訳したいですね。まあ、やりだすときりがないんだけどね。柴田さんは自分の翻訳を振り返る機会はありますか？

柴田　文庫化のときくらいですからね。そうすると、それなりに朱を入れます。とくに校正の人がいろいろ言ってくれると、助かりますね。

村上　で、またチャンドラーの話に戻りますが、そういえば『高い窓』は、田中小実昌さんが訳しているんですよね。小実昌さんの翻訳したチャンドラーの世界は、リズムがとてもよくて面白かったな。やっぱり文章のセンスの問題だと思うんです。好き嫌いはあるだろうけど、いったんはまると面白い。僕は個人的に好きです。

柴田　田中小実昌さんの訳文は、てきとうにやっている感じがいいんですよね。ノリがいい。

村上　ひょうひょうとやっている。

柴田　かつ、けっこう正確なんですよ。

村上　本当にね。僕もあらためてじっくり細かいところまで読んでみて、ちょっとびっくりしました。

柴田　ご本人の後期の小説もそういうところがありましたよね。『ポロポロ』とか、一見するとだらけた感じの文章だけど、じつはけっこう哲学的な中身があるという。

村上　手を抜いていないんですよね、まったく。ただ、ハードボイルド・ミステリーとは何か、というコンセンサスがあまりないところで訳しているものだから、本格ハードボイルド・ミステリー・ファンには、すんなりと受け入れられないところがあるかもしれない。

あと小実昌さんの訳は、ジョン・D・マクドナルドの『トラヴィス・マッギー』シリーズが出ていて、これはもう無条件に楽しいですね。

もっといろいろやりたいんだけど

村上　柴田さんには、フィッツジェラルドはぜんぶチェックしてもらったんですね。カポーティも。

柴田　カポーティ、フィッツジェラルド、サリンジャー。カポーティは、村上さんの訳のほうがいいんじゃないかなって思うことが多いですね、原文よりも。

村上　僕はカポーティの文章を尊敬しているから、そういうことを言われると、かなりびっくりしちゃいますけど。

柴田　カポーティは、原文だとちょっと息がつまるときがあって、作品によってはすごくこう、計算ずくで書いているという感じがして。それが村上さんの訳だと、適度に息ができる感じがする……これぜんぜんほめ言葉になってないかな。でもなんとなくそういう感じを持つことがあります。

村上　僕は翻訳するときに、文章をわりと区切って、ちょっと空気を入れているところがあるのかもしれない。『ティファニーで朝食を』がいちばん楽しかったです、翻訳していてね。そういえばカポーティに関しては、「カポーティはこの人」という翻訳者っていないですね。

柴田　いちばん最初の『遠い声　遠い部屋』でしたっけ、あれを訳される気はないんですか？

村上　あれは好きで、できたらいつかやりたいですね。

柴田　ノンフィクションでは『心臓を貫かれて』を訳されていますね。これはそんなにこう、緻密な文章ではないですよね。

村上　『心臓を貫かれて』はうちの奥さんから、これを訳してほしいって頼まれて、ちょっと読んでみたらすごく面白かったので、一気に訳しました。うちの奥さんは英語が不得意なんだけど、不思議なことに、あの本だけはなぜか英語で読破しちゃったんです。たしかボストンに住んでいるときのことだったかな。でもとてもスリリングな本で、どきどきしながら訳していました。あの本にはけっこう隠れたファンが多いんですよ。すごく怖い話だけど。

柴田　ほんとにすごい本ですよね。あとノンフィクション的なものでは、音楽関係も多いですね。

村上　音楽関係、ジャズの関係は好きですね。なにしろ、生まれて初めて印刷物にした翻訳というのは、ジャズに関する文章なんです。「ハッピーエンド通信」っていう加賀山（弘）さんがやっていた雑誌がありましたよね。あそこに載せたんだけど、[*14] 一九三〇年代のジャズ・シーンを書いたもので……。思い出した、

＊14　「ハッピーエンド通信」一九七九年創刊の月刊誌（ニューミュージック・マガジン社、ハッピーエンド通信社より発行）。「サヴォイでストンプ」（オーティス・ファーガソン著）は一九八〇年四月号に掲載された。同誌は八〇年八月号をもって休刊。

「サヴォイでストンプ」。それが僕の最初の翻訳作品。なつかしいな。音楽に関する文章というのはすごく僕は興味があって、もっといろいろやりたいんだけど、なにせひまがなくて。ビル・クロウは好きで、『さよならバードランド』と『ジャズ・アネクドーツ』を訳して、ビル・クロウさん本人にインタビューもしました。あと、セロニアス・モンクに関する記事を集めたオリジナル・セレクションの『セロニアス・モンクのいた風景』。あと、ジム・フジーリの『ペット・サウンズ』。

柴田　それからジェフ・ダイヤーの『バット・ビューティフル』というジャズに関するエッセイ集もありましたね。ジェフ・ダイヤーの翻訳は、「モンキービジネス」[*15]に連載していただいたので、僕もみっちり読んでいますけど、あやっぱり、音楽を知ってる、知らないで、翻訳もぜんぜん違うんだと思いました。

村上　専門用語とか、人名とか、知っている人じゃないとなかなか訳しづらいところがいろいろある。かといって、音楽を好きな人が訳せばいいというものじゃなくて、そういう人の翻訳は、翻訳としてあまり上手くない場合があるんですよね。そのへんの兼ね合いがむずかしい。翻訳にはもちろん愛情がなくてはいけないんだけど、愛情だけでは間に合わないところがあります。編集者の実力がどれくらいあるか、というのも大きな問題になってきますし。

――編集部　『村上ソングズ』では歌詞を訳しましたね。

村上　和田誠さんの挿絵付きのね。あれも翻訳の一種。僕が昔から好んで聴いている曲を選んで訳したんですが、歌詞を翻訳するのは

＊15　柴田元幸責任編集「モンキービジネス monkey business」（ヴィレッジブックス）二〇〇八年四月創刊の文芸誌。最終号は、二〇一一年秋号（vol.15）。

かなり苦労しました。文芸翻訳とはまた違ったむずかしさがあります。ニュアンスをきちんと出さなくちゃいけないけど、使える言葉の量は限られているし。僕はあのなかで個人的には、アニタ・オデイの“Loneliness Is a Well”（孤独は井戸）と、シェリル・クロウ“All I Wanna Do”（生きてるうちにしたいこと）が気に入っています。でも、こんなことを言ってはなんですが、日本版LPやCDの歌詞対訳にはかなり乱暴なものが多いですよね。もちろん中にはすごくきちんとしたものもあるんですが、正直言って、これはどうかと思うものも少なくないです。まあ、予算が限られているのでしょうがないんだろうけど。

音楽関係の翻訳の仕事はもっとたくさんしたいと思うんです。ミュージシャンの伝記なんかもやりたいものがけっこうあるんですが、僕の場合どうしても文芸関係の翻訳が中心になりますから、残念ながら時間が圧倒的に足りないんです。人生がもうひとつ別にあれば、もっといろいろと興味深いことができちゃうんだけど（笑）。

文庫本売り場を見ると、胸がつい痛んでしまう

村上　自分自身のことを振り返ると、若いころは、目新しいもの、まだ知られていないものを自分が訳していかなくちゃという気持ちがすごく強かったんです。人がまだ読んでいない新しい作品を、自分の手でどしどし紹介してやろうという熱い気持ちですね。でもそういうのって、やはり若い世代が中心になってやるべき仕事なんですよね。そして自分に近い世代の、新しい書き手を見つけていく。そういうものだろうと、僕は思います。新しい作品や書き手を発見するには、本を手当たり次第いっぱい読まなくちゃいけないし、いっぱい読んだら、当然ながらつまらないものも多くなってきます。そのなかからいいものだけを選んで訳すんだけど、歳をとってくると、つまらないものを読んでいる時間が惜しいんです。それで、むしろ古典を新しい感覚で訳すというほうに、興味の重心が移っていくような気がします。もちろんときどき、新しい人を見つけてきてやるんだけど、おおむねのところ、新しいものはもう若い人にまかせておけばいいかなという気持ちになります。もうそんなにいっぱい入力はできない。時間も足りないし、視力が衰えて、あまりたくさん本も読めなくなる。拝見したところ、どうやら柴田さんはそうでもないようですが。

柴田　もちろん時間も足りないし、視力も記憶力も衰えてるんですけど、そこを突っ張って、大人げなく若者と張り合おうと思っています。けど、その一方で古典もそれなりに訳しているのは、雑誌をやっているので、掲載するのに版権料が必要ないということが大きいです。ようするにお金がかからなくて、作品はいいから、訳して載せれば僕も楽しいし読者も喜んでくれる。読者からすると、新しいものであろうが、旧作であろうが、「読んでいない」という点では同じことなんですよね。音楽でも、新譜だろうと、六〇年代、七〇年代の曲だろうと、同じ感覚で聴くじゃないですか。それと同じで、とにかく彼らがその作品を知らないんだったら、いろんな意味で、紹介して効率がいいのはむしろ古典かなと。

村上　僕は柴田さんのいろいろな訳し直しで、いちばん面白かったのは『ナイン・ストーリーズ』ですね。『ナイン・ストーリーズ』、ずいぶん雰囲気が違いますよね、野崎さんの訳と。

柴田　他にも『九つの物語』といった題でいくつも翻訳がありますね。まあ、これだけ違うから、新訳を出すのも意味があるだろうと思いました。でもあれを訳したのはほとんど成り行きで、「モンキービジネス」という雑誌を始めたときに、毎号、モダンクラシックの短篇を一本載せようと思ったんです。で、「バナナフィッシュ日和」("A Perfect Day for Bananafish")がすごく好きだから、それを翻訳する許可をまだ健在だったサリンジャーに求めたら、それ一本じゃだめだ、一冊ぜんぶなら許可する、と言われて。それじゃあやってやろうじゃないのと思ったということで、そう言われなかったら、ぜんぶは訳さなかったかもしれないですね。

村上　僕は『キャッチャー・イン・ザ・ライ』を訳したときに、だめもとでサリンジャーにインタビューを申し込んだら、やっぱりだめだった(笑)。ひょっとしてと思ったんだけど。

——編集部　最近のお二人のお仕事では、新潮社の「村上柴田翻訳堂」[*16]で、新訳をされましたね。

村上　あのシリーズは、試みとしてはなかなか面白かったと思いますね。もともとは、こんなに面白い文庫本がどんどん絶版になってしまって、惜しいよなあという個人的な思いから始まった企画です。文庫本売り場の棚のスペースは限られているし、毎月次から次へと新刊が出てくるし、古い作品はどんどん追いやられていく。とくに翻訳物は消え方が早いですよね。最近の書店の文庫本売り場を見ると、胸がつい痛んでしまうんです。そういう話を柴田さんとしていて、意気投合して、じゃあ二人で個人的に、消えていった文庫本の復刻運動をしようじゃないかということになり、そうやって新潮社を焚きつけて……。

柴田　（「村上柴田翻訳堂」のチラシを広げながら）こうやって並べてみると、昔からいい訳者はいっぱいいたんだなと思いますね。いい作品がいっぱいあったというだけじゃなくて。

村上　ここに取り上げたものは、翻訳が不思議なくらい古びていないですよね。六〇年代のものもけっこうあるんだけど。（トマス・）ハーディなんかは、訳者の河野一郎さんが、今回わざわざ訳文に手を入れてくださいましたよね。[*17]この『救い出される』[*18]だっけ、翻訳者の酒本雅之さんは、文庫化にあたって、題を変えてもかまわないって言ってくださいました。この翻訳も優れたものでした。今でもじゅうぶん楽しく読める。このシリーズで改めてとりあげられるというのは、訳した人にとってもうれしいことだったみたいです。それは僕にとってもとてもうれしいことです。

柴田さんの新訳『僕の名はアラム』（ウィリ

＊16　『村上柴田翻訳堂』　村上春樹と柴田元幸が「もう一度読みたい！」という十の作品を選び、新訳・復刊する新潮文庫のシリーズ。

＊17　トマス・ハーディ『呪われた腕　ハーディ傑作選』

＊18　ジェイムズ・ディッキー『救い出される』

アム・サローヤン）も楽しいですね。前の刷り込みがあるもので、なんかすぐ『我が名はアラム』って言っちゃうんだけど。

柴田　僕もまだ刷り込まれていて、つい自分でも、『我が名は』って言っちゃいます（笑）。

村上　柴田さんはこういう、しゃべり言葉で書かれたような話がお好きなんですね、リング・ラードナーとか。

柴田　ああ、たしかにそうですね。与太話が僕は好きなんです。

村上　ほら話ね。マキシーン・ホン・キングストンだって、あれはほら話ではないけど、やはり一種の語り物ですよね。

柴田　そうですね。あの人の場合だと「神話的」と言いたくなるけど。

村上　フィリップ・ロスの『素晴らしいアメリカ野球』だってそうですよね。際限のない饒舌なしゃべり話。

柴田　アメリカは「しゃべり」なんですよね、アメリカ文学ってね、本当に。『キャッチャー・イン・ザ・ライ』だってそうだし。

（後編に続く）

サヴォイでストンプ

オーティス・ファーガソン

村上春樹 訳

スウィング・ジャズのファンに対して「サヴォイ・ボウル・ルーム」の説明は不要だろうし、またファンならざる人々にその名前の持つ正確な響きを伝えるのはむずかしい。ジャズと民衆の束の間の蜜月、一九三〇年代における最も輝かしいダンス・フロア、「サヴォイ」。エア・チェック・レコードやVディスクの冒頭でこんなアナウンスを耳にした方も多いだろう。「レディズ・アンド・ジェントルメン、ディス・イズ・サヴォイ・ボウル・ルーム……」

筆者オーティス・ファーガソンの言葉を借りるなら、swing it, man.（村上）

場所はアップ・タウン、それもかのレノックス通り、土曜の夜九時から日曜の朝八時までそこで踊りたまえ。名付けてブレックファスト・ダンス、とにかくスウィングするんだね。普段の夜、いや土曜の夜だっていつもはそうはいかない。バンドは二組、二時か三時にはおひらきだ。でも今夜は違う。月に数回のスペシャル・ナイト、朝飯までは天下御免というわけだ。バンドが四組勢揃いして、君たちが踊りつづけている限りお相手してくれる。朝飯まではね。それ以上はしらない。

といっても品の悪い店なんかじゃない。きちんとしたところだ。安酒場でもないし、地下のバクチ場でもない。正真正銘のボウル・ルームさ。中に入って七五セント払い、広い階段を上る。マネージャーも客も、みんな感じの良い連中だ。何の心配もない。テーブル席の端にある混みあった長いバーで飲物を注文する。ビールが一〇セント、瓶から注いでくれるカリフォルニア・ワインが二五セント。客の中にはもっと強い酒を瓶ごと持ち込む連中もいるが、彼らはいずれは便所にかけこみ、飲みすぎた始末をすることになる。とはいっても便所は隣あって二つあるから、心配することはない。

さて十二時。君はすんなりと入場できる。雨だ。まだ空席が残っているものだから、マネージャーは浮かぬ顔だ。「婦人サービス・ナイト」よりずっと混むはずだったのに、雨のおかげでその見込もなくなってしまった。

ホールの広さは縦横七五ヤード、二五ヤードというところ。天井は低く、照明はおぼろだ。曲のあいだの何秒か、あるいはバンド・チェンジの合間にはホールはおしゃべりで溢れる。「まったくねえ」とか、「女の子はどうだい」とか、「よしてくれよ」とか。そしてバンドがのりはじめると、店と客が一体となりドラムのようにビートをはじきだし、御機嫌なリズムで大波のように上へ下へと揺れ動く。

何もかもを一度に眺めることなんてできやしない。バンドの連中がいる。飲んでる客がいる。ビール片手にテーブルで眠り込んだものもいる。ロマンスという極めて個人的なドタバタ芝居に励んでいるものもいる。あがりのミュージシャンもいて、そんな連中ははしゃぎまわっているか、それとも出鱈目の一歩手前といった雰囲気で用意された食事を平らげている。

「畜生め」と屋根つき寝台のような格好にどっかりと腰を下ろした一人の男が毒づいている。「チュー」という名で呼ばれるこの男は我がアメリカが生んだ最初のテナー・サックスを吹く芸術家の一人でもある。「畜生め、肉なんてありゃしねえや。あの野郎とんでもねえ配り方しやがって」チューはそう言いながら、料理をつつきまわしている。今やダンス・フロアは足をあげ、体をまわし、ストンプする客でもぐり込むすきもない。たいした眺めだ。踊りたまえ、イカしてるよ。誰もがはしゃぎ、汗をかき、元気いっぱいだ。明日のことなんて糞喰らえさ。

何というか、言葉じゃ言えない雰囲気だ。何もかもを一度に眺めるのは無理だが、何もかもを一度に感じることはできる。ちょうどひとかたまりになったエネルギーのほとばしりのようなものだ。今や、燃えさかってるというところかな。その焦点はなんといってもバンド・スタンドの付近にある。材質こそ荒い木材だが、頑丈きわまりないスタンドだ。そしてそこには光と音楽がきらめいている。バス・ドラムは床に打ちつけられ、ストリング・ベースはほぞに固定され、大きなピアノのくたびれた鍵盤はまるで古い階段のようだ。楽団が二組乗れるバンド・スタンドの長さはおよそ六〇フィート、幅は狭い。ホールの奥の壁を背にしている。光は殆んどここに集中しているわけだが、それでもまだ十分に暗い。背中の壁の色は豪勢なブルー、スポット・ライトのしかけでそこにはいつも薄い雲がたなびいているように見える。そしてその下に控えたバンドがホールを圧し、睥睨《へいげい》しているわけだ。まるで貨物列車の如くふんぞりかえった鉄と蒸気のかたまりだ。

フロアにもテーブルにも人が鈴なり、何百人というところか。満員の夜には一五〇〇〜一六〇〇の客が入ることもある。コーナーの壁の前には一列に並んだダンス・ガール、料金は三曲で二五セント《トゥー・ビッツ》。天井に埋め込まれたローズ・カラーの灯の下で、全ては湧き立つ。

しかし、店の心臓にもあたるのはやはりバンド・スタンド。ミュージシャンが二列に並んで足を踏みならし、胸も裂けよと力の限りに楽器を吹き鳴らす。スーザフォーンのラッパ口のきらめきが踊り手の頭に月の光のように降りかかる。そのとどまるところを知らぬエネルギーをぴたりと押して抑えるのは確実なビートを刻みつづけるリズム・セクション。ギター、ピアノ、ベース、ドラム。さあテディー・ヒル・バンドが十八番《おはこ》の「クリストファー・コロンボ」のラスト・コーラスを始めた。ブラスが空をヒットし、リード・セクションがメロディー・ラインを描き出す。どうだい、踊り手たちは踊るのも忘れ、バンド・スタンドのまわりに集まり、我と我が身でリズムを取る。そして頭をのけぞらせると、その上をメロディーが川のように流れていく。みんなを完全にノック・ダウンさせてしまう舞踏への招待——おいおい、ワルツなんて糞喰らえさ。床は震え、店中がまるで発電室だ。

煙っぽい空気が上下に揺れる。さあスウィングしたまえ、ノリたまえ、羽目をはずしたまえ、いや、こう言おう、御機嫌にやりたまえ。これは耳で聴く音楽じゃない。体で感じる音楽なのさ。

こうしたムードは特定のミュージシャンだけが作り出しているわけじゃない。それは店そのものに浸みこんでいるんだ。この店には何かしらそういったものがある。いわば影のようなものだ。このバンド・スタンドは様々な偉大な音楽を吸いこんできた。フレッチャー・ヘンダーソンのグレート・ビッグ・バンド、ファンタスティックなトランペッター＝ルイ・（サッチェルマウス猊下）・アームストロング、ミスター・エリントン（デューク、ザ・グレート・ダスキー）、キ印バンド・マスター＝キャブ・キャロウェイ（彼がデビューしたのもこの店だった）、マキニーズ・コトンピッカーズ、チョコレート・ダンディーズ——他に誰がいたっけ？　好きなバンドの名をあげてみて下さいよ、とマネージャーが豪語する、店《うち》に出たことのないバンドをみつけられたら偉いもんですよ。ポール・ホワイトマンだって出演したんだから。そう、この店の空気には何かがある。客の側でもその何かを受け入れようとしている。ムードを作り出すものは実にそれなんだ。だからもし、結束を固めたい、心をひとつにしたいと思っているグループがいれば、ここに来ればいい。

しかしここの雰囲気は火が点《つ》いてドカン、窓がピリピリ、といったすさまじい調子のものばかりじゃない。それはなかなかにはしこくもあり、心も配られ、けっこう細やかでもある。また、おきまりの芸術反戦・反ファシズム芸術家戦線についての口角沫を飛ばす論争が行われているわけでもない。ミュージシャンたちはただ演奏し、女の子と遊び、ビクターにラジオやダンス向けの曲をレコーディングしているだけだ。そして仲間うちでそんな話を、例によってぼそぼそと、そして幾らかは誇らし気に語りあっている。彼らの何人か（最良の何人か）は自らを燃えたたせているようでもある。己れを強く保ち、スポイルされぬためだ。見分けるのは簡単だ。その音楽の捉えがたい美しさが、彼らをはっきりと際立たせている。そんな彼らに、ロンバルドやデューチンやヴァリー、ライズマンの如き芸人のイメージを求めても無駄だ。例え彼らがそんなショーマンシップや破廉恥さ、厚かましさを持ちあわせていたとしても、そこには一線が画されている。もし一人のイカレたテナー・マンが力強く生き生きしたフレーズを吹くことができたとすれば、それは彼が自らの肉体を楽器となして、溢れる感情や哀しみをそのままに表わせただけのことなのだ。この原則を外れたもの、休むことのない真の創造的な流れ（バッハだってそれは同じことだろう）を離れたもの、とりわけジャズ特有のドライヴ感を逸したものは、それがいかに見ばえがよく、上手く、そして客に受けようとも、みんな偽物だ。創造性なきが故に、みんな偽物だ。

「テナー吹きの何人かは、」とチューはステージから引き上げながらしゃべる。「コールマン・ホウキンズや誰それのコピーをやってる。でもな、それだけじゃ駄目なのさ。魂がないんだよ。わかるかい？　それをわからん奴がいてね、魂のかわりに唾を吐きこんでやがる。なんてこったい、まったく。俺はね、この楽器から出来る限り綺麗な音を出そうとね、ただそれだけさ。そしてそれが俺の誇りなのさ。でも他の連中はな……、どうもわからんよ」

もごもごと口ごもりながらしゃべり終ると、チューは恥ずかしそうに黙り込む。「畜生、あの野郎め」と彼は言う。「気分悪いぜ。今夜肉さえ食えれば、俺はもう……」

でもまあ、そんなことはどうでもいいことだ。何故なら時刻は今や三時、四時、そして五時。正確な時間なんて誰にもわかりやしない。テーブルで眠り込む客が増え、フロアで踊る客も減ってきた。それでも店のツンとした匂いのする、ホットで温かみのある空気は前と同じだ。ほの暗い灯りの下でふりまかれるエネルギーも同じだ。今夜の出を終えたテディー・ヒル・バンドの面々が、他のバンドをしばらく楽しんでから三々五々に消えていく。さて今やこのホールを揺り動かすバンドは、懐しきチック・ウェブ。高くもち上げられた椅子に座ったこのせむしの小男は、おそろしくエレガントな白いトラップ貼りのドラム・セットからすさまじくイカしたリズムをバンドに向けて叩き出し、そしていまだ揺れ止まぬフロアへとビートを送り出す。


ああ、ここはハーレムなんだ。階段を下り外に出ると、夜は既に明け、朝の淡い光がここはハーレムなんだと僕に教える。スラム。人影もまばらだ。何人かはホールから出てきたばかりで、さあこれから朝飯を食いに行こうというところ。残りはホールに入れなかった連中だ。

「やあ兄弟、煙草でも吸わねえか?」入れなかった方の一人が僕の方にやってきてそう言う。気が向いたら街ぐるみでも買い占めようか、といった景気の良い足どりだ。「よかったら一本わけてくんなよ」彼はマッチさえ持っちゃいない。「中の具合はどうだね？」と彼は言う。「混んでて、入れやしねえだろう？」

「まあね――、でもまだ入れるだろう」

「でも混んでる、と。おたくだって入れなかったろ？」

「まあ、ちょっとしたもんだが、それでも座れるさ」

「そうかい、混んでると思ったんだがな……、実はだな」彼は難なく煙草をせしめている。「ダイム一枚余っちゃいねえかな？　そうするとだな、兄弟、コーヒーが飲めるんだがな。まったくねえ、もう満席で入れやしめえと思いこんでたんだよ。わかるだろ？」

　そうか、話は読めてきた。みかけのおしゃべりの裏にあるのは、あこがれと貧しいプライド。この店は彼のような階層が気楽に入り込める店じゃないんだ。僕から一〇セント《ダイム》をせしめてしまうと、行きかける僕に向って手を振る。それも実にゴージャスな手の振り具合だ。いつかまた会いに来なよ。この辺は俺の庭みてえなもんだからさ、俺の名前を出してくれりゃそれでオーケーさ。良い女の子をつけてやるよ、いいか。

　ほこりっぽい朝の通りには屑や新聞紙がちらばって、サラサラと音を立てている。彼の安物ズボンの擦り切れた裾が、それらをかきわけるように軽々とした足取りで歩み去っていく。そして裏通りへと消える。そこにあるものは薄汚れた貧しい家並、空店舗、安アパート。なんだか僕にはわからなくなってしまう。あのブレックファスト・ダンスは一体何だったのだろう？　何処からやってきて、何処に消えてしまったのだろう？　目に映るものはボロきれの如きハーレムの街。何もかもを吸いとられてしまったアメリカの黒人スラム。ガランとした街に立つと、チック・ウェブのドラムがほんの微《かす》かに聞こえるだけ。それでも、ここで聴くジャズの強烈なビートは僕の心に何かしら全く別の感興を起こさせる。それはいつも音楽の中にあり、そしていつも目には見えぬもの。そう、ブルースを成り立たせているもの。「おいらは今朝起きると、靴を質屋に持ってった」かのレノックス通りにあるものは羽目をはずした馬鹿騒ぎ。ライトが輝き、人々はさざめく。そのとおり。しかしそれは硬貨のただの半面だ。その音楽が生まれ出てくるのは、このハーレムの街の人々の心。この地面の上で、僕はいま、それを感じる。その高い倍音《オーヴァトーン》と低い倍音《アンダートーン》を。その馬鹿騒ぎと深い悲しみを。

The New Republic, Feb. 12, 1936

「サヴォイでストンプ」について

村上春樹

これは僕が翻訳した文章で、初めて活字になった（いわば）記念すべきもの。「ハッピーエンド通信」という小さな、当時はけっこう最先端だった雑誌のために訳出した。掲載されたのは一九八〇年。

このテキストをどこでみつけてきたのかは覚えていないけれど（手元にも残っていない）、一九三〇年代に書かれたジャズに関する文章だ。硬派の政治雑誌である「ニュー・リパブリック」誌に掲載された。筆者のオーティス・ファーガソン（一九〇七—四三）は高名な映画評論家だが、ジャズをはじめとするポップ・カルチャーの分野でも優れた評論を残している。とくに「ニュー・リパブリック」に彼が連載したジャズに関する文章は、ジャズ評論の草分けとして評価が高い。ファーガソンは第二次世界大戦のときに戦死した。

ジャズがおそらくもっともハッピーであった時代の、生き生きとした記録。ストンプは、ジャズにあわせて勢いよく足を踏みならすダンスの形式。「サヴォイでストンプ」という曲はベニー・グッドマンの演奏で大ヒットした。チック・ウェブの演奏も素敵だ。

対談　村上春樹×柴田元幸

翻訳について語るときに
僕たちの語ること

後編

重訳＝悪ではないけれど

村上　僕はずっと翻訳をしてきたので、翻訳者というのはどういうふうに苦労して、何が楽しくて何がきついかというのがだいたいわかっているから、僕の小説を翻訳してくれる人たちとはわりに親しくなっちゃうんです。

――編集部　日本語の文章について質問をしてくる訳者もいますよね。

村上　聞いてくる翻訳者と聞いてこない翻訳者に分かれるね。自分一人で考えてやろうという人もいるし、ジェイ・ルービンなんかはすぐ「これはどういうことなんだ？」って聞いてきます。翻訳者の数も、もうずいぶんいて、このあいだは、スカンジナビア語圏で僕の作品を訳している人のシンポジウムみたいなのがあって、

ノルウェーとデンマークとスウェーデンの翻訳者たちが集まったんです。あのへんの人たち、とくにデンマーク、スウェーデン、ノルウェーは、お互いの国の言葉でしゃべって、言っていることがお互いに理解できるんだそうです。

柴田　村上さんは行かれたんですか。

村上　いや、僕は行かなかったですね。それぞれ僕は知っている翻訳者たちだったけど。僕はわりあい翻訳者を大事にします。もしできることなら、金銭的にも翻訳者に報いたいと思っているところはあります。なかなか、労多くして得るところの少ない仕事だから。

僕の小説を訳すときには、日本語からその言語に訳す場合と、日本語からたとえばまず

英語に訳して、そこから重訳するというのがあって、最近はほとんど日本語から直接翻訳するようになったけど、こまるのは、たとえばアルバニアとかエストニアとかタジキスタンとか、そういう小さな国々で——国名はあくまでたとえばですけど——、そこで日本語を勉強している人がいたとしても、その人にきちんと文芸翻訳ができるかというのは、また別問題なわけです。そういう場合には、重訳になってもやむを得ないかもしれない。そのためにも、僕は英語訳はかなりきっちりチェックしています。英語版にはそんな大きな間違いはまずないはずです。だからたとえ重訳であっても、相当正確な訳にはなるはずなんです。だから、翻訳作業に慣れていない人が日本語から直接訳すよりは、あるいはそのほうがいいのかもしれない。そういうのはあくまでケースバイケースなんですよね。僕がそういうことを言うと、「おまえは重訳なんかでいいのか」と血相を変えて怒り出す人がよくいるんです。原理主義的に。でも一人の翻訳者として言わせていただければ、重訳がぜったいバツ、というようなものじゃないです。できあがった翻訳書がどこまで良質かということが一番だから。

柴田　ドイツではテレビ番組で話題になったりしましたね。英訳からの重訳でも早く出るほうがいいと村上さんが言ったらしい、というような話も出て。

村上　僕はね、ドイツくらい大きい国であれば、何があろうと日本語からドイツ語訳できる翻訳者を見つけるべきだと思います。それくらい比較的簡単に見つかるはずだし。「早く翻訳するほうがいいから、英訳からの重訳で通すのがいい」なんて言った覚えは僕にはありません。たぶん出版社のエクスキュースでしょう。今ではもちろんぜんぶ日本語からちゃんと訳されています。でもあのドイツの番組はかなり話題になったみたいですね。[*19]

ノルウェーの作家、ダーグ・ソールスターの『ノヴェル・イレブン、ブック・エイティーン』を僕が訳したとき、これは英訳から重訳したんですが、そうしていいものかどうか、ずいぶん迷いました。でもこれはしょうがないだろうと。このまま放っておいたら、ノルウェー語で書かれたこの小説が日本で出版される見込みはまずないだろうし、たとえ重訳でもいいから、自分の手で訳すしかないだろうと考えたんです。

僕が言いたいのは、必ずしも重訳＝悪ではないけれど、できることなら避けたいものですね、ということです。

——編集部　自作の英語訳だけでも、すべてに目を通すのは大変ではないですか。

村上　大変ではあるけど、でも僕の英語の翻訳者はみんな優秀です。僕もだいたい英訳書に目を通していますが、最初のアルフレッド・バーンバウムから始まって、ジェイ・ルービン、テッド・グーセン、フィリップ・ゲイブリエル、みんな優れた、個性のある翻訳をしてくれています。でもね、アメリカ人の読者でたとえば、「ジェイはいいけどフィルはどうも……」とか、「フィルはいいけどジェイはちょっと」とか言ってくる人がいます。日本語を読めないのに、いったいどういう根拠で言ってるんだろうと、首をひねってしまうんだけど。アルフレッドは最高だと言う人もいるし、アルフレッドはいいかげんだという人もいる。こればかりは、フィーリングで

＊19　テレビ番組“Das literarische Quartett”（『文学カルテット』）で、英語訳からドイツ語に訳された『国境の南、太陽の西』が文学評論家間で激しい論争を呼んだ。主人公が「脳みそがとけるくらい」女性と性的関係を持ったという部分のドイツ語訳をめぐり、非常に繊細な文章であるという意見に対して、文学的ファストフードのような、芸術性のないものである、という主張がぶつかり、結果として、人気のあるこのトークショーは放送終了となった。

合う合わないの問題になっちゃう。翻訳者の毀誉褒貶というのは、なかなかよくわからないです。まあ、日本の翻訳論、翻訳批評というのも、けっこうそういうのが多いんだけどね。原文としっかり読み合わせているんじゃなくて、読みやすいからオッケー、読みやすすぎるからいやだとか。

柴田　欧米のアカデミズムでは、非西洋的なるものを西洋化しちゃうのはよくないから、もっと原文の他者性を重視して訳すべきだという声があるんですけど、出版社の人は昔とそんなに変わっていなくて、とにかく「翻訳ではないかのように読める」ことが大事だと言いますね。僕もどちらかというと、出版社側の考えに賛成します。アカデミズムの見方は、原理的に正しくても結果的に誰も幸せにならない気がする。ただ、編集者が「この段落は要らないから削る」とかけっこう乱暴なことを言ってくることもときどきあって、もう少し原文を尊重してくれよ、と思うこともある。日本では、原文というものは非常にありがたいものだから変えちゃいけない、という考えがあって、逆に読みにくくて原文のスピリットは伝わらないような翻訳が過去に多かった。二十世紀末になってやっと、むやみと原文をありがたがらない姿勢が出てきたんじゃないですかね。

村上　脚註も、出版社はいやがりますよね。よくエンターテインメント系の翻訳で、説明を地の文に織り込むやり方があるじゃないですか。「有名な映画俳優であるハリソン・フォードが」とか……僕はもうあれがいやでいやでたまらない。

柴田　ようするに、少しでもわかりやすくすべきであると。かといって註は読者を遠ざけるからよくない。じゃあ、本文に組み込む。そうするとやっぱり、そこだけ浮くんですよね。

村上　「ニューヨーク・ヤンキーズのショートストップであるデレク・ジーターのように」って、長いんだよね。おかげで文章の流れがすっかり狂ってしまう。読んでいていらいらする。

柴田　部分的に情報を書き加えると、やっぱり読んでいておかしいんですよね。これ、絶対原文に入ってないよな、と思う。

他人の文体に自分の身体を突っ込んでみる

村上　作家の翻訳というのが、翻訳の専門家の翻訳とは違うのかと、よく聞かれるんだけど、そのへんは自分ではよくわからないですね。僕の場合、翻訳の文章に自分の文体をそのまま使うようなことはありません。だから、僕のなかでは「作家の翻訳」という特別なカテゴリーはないんです。小説を書いているかたわらで、別のところでたまたま翻訳もしているというだけで。

柴田　そういう意味では作家的な翻訳じゃな

いと思いますね、村上さんのは。鷗外はすごく作家的で、『諸国物語』のドストエフスキーでも、ポーでも、何をやってもみんな「鷗外節」、ぶつぶつ切った、非常に簡潔な文章に訳していて、あんまり原文を尊重しないですよね。『モルグ街の殺人』[20]だと、冒頭の理屈を並べた数段落は要らないから削除、みたいなことを平気でやっています。だから鷗外の翻訳というのは、むしろ悪い翻訳ができる条件がそろっているみたいな感じなんだけど、でも読むとすごくいいんですよね。独自の味がある。

——**編集部**　ある部分では、翻訳とは別種の作業になっているということでしょうか。

柴田　確かに、「鷗外化」みたいなことになっている。そういう意味では「村上化」ではないと思いますね、村上さんの翻訳は。

村上　逆に、僕の色が翻訳に入りすぎていると主張する人たちもいますが、僕自身はそうは思わない。僕はどちらかといえば、他人の文体に自分の身体を突っ込んでみる、という体験のほうに興味があるんです。自分のほうに作品を引っ張り寄せてくるというよりは、自分が向こうに入って行って、「ああ、なるほどね、こういうふうになっているのか」と納得する。その世界の内側をじっくり眺めているととても楽しいし、役に立ちます。だからカポーティの小説を訳せば、カポーティの文体のなかから、カポーティの目で世界を見るし、カーヴァーだったら、カーヴァーの文体のなかから、カーヴァーの目で世界を見る。「ああ、この人はこういうふうに考えるんだ」とか、「こういうふうに風景からエキスを抽出するんだ」とか、そういう発見の面白さのほうに惹かれます。翻訳作業が僕の教室みた

＊20　『モルグ街の殺人』
エドガー・アラン・ポーの推理小説。森鷗外訳は『病院横町の殺人犯』。

いなものだったんです。僕には小説の先生もいないし、仲間も小説家の知り合いもいなかったから、そういうところから小説の書き方を学んでくるしかなかった。

他の業種の友達、音楽家とか、イラストレーターとかはけっこういるんだけど、小説家で親しく付き合っている人はずっといなかったですね。だけど翻訳をしていると、他の作家のいろんな懐にずんずん入っていけるから、生身のつきあいよりかえって面白いところがあります。だからこそ八〇年から始めて、これでもう三十六年間、延々飽きずに翻訳しているわけです。これだけ長く翻訳していると、そのあいだにやっぱりいろんな大事なことを学びます。たくさんの本を翻訳しているんですねえと、よく驚かれるんですが、他の作家があんまり翻訳を手がけないということのほうが、僕にとってはむしろ不思議でならないですね。翻訳作業というのは、小説家にとってこんなに豊かな知の宝庫なのに。

柴田　なるほど。そうか、そういう見方もありますね。

村上　いつも言うんだけど、翻訳するというのは、なにはともあれ「究極の熟読」なんですよ。写経するのと同じで、書かれているひとつひとつの言葉を、いちいちぜんぶ引き写しているわけです。それも横のものを縦にしている。これはね、本当にいい勉強になります。

――編集部　学ぶことがあるから、続けてこられる。

村上　それは大きいです。もちろん、楽しくなければそもそもやりませんけどね。ひとつの英語の文章を、どういうふうに日本語にすればいいだろうって、机の前でずーっと考えるわけじゃない。考えて考えた末に、だんだん、少しずつ、答えがなんとか見えてくる。こんな原文、どうしたって歯が立たねえよと思っても、やっていればなんとか歯が立ってくるんですよね。じっと原文を見ていると、さんざん考えた末に、なんとか書き手の言いたいことが見えてくる。結果的には柴田さんに「それ、違います」と言われたりはするけれど（笑）。そうやってじっくり考えるということはすごく大事なんです。言葉とか文章というのは、僕にとっては大事なメシの種だから、それについてどれだけ考えても、考えすぎるということはない。

柴田　語学力の問題というのがあって、それを克服すれば、他の作家ももっとやるんじゃないかなと思います。池澤夏樹さんの日本文学全集、あれはようするに、古い日本語の翻訳じゃないですか。

村上　確かに、日本の古典の現代語訳というのは、けっこう今、盛んにやっていますよね。

柴田　あれだけいろんな作家がやって、面白い結果が出ているということを見れば、語学力さえあれば、作家は翻訳ってもっとできるんじゃないかなと思います。

村上　そういえば、橋本治さんが『窯変源氏物語』をやっていたとき、さっき話に出た軽井沢の中央公論社の山荘で何度か滞在が一緒になったんです。あの人は一時期、ほとんどあそこに住み込んでいるみたいな感じだったから。『源氏』の現代語訳なんて、円地文子から、谷崎から、いっぱいあるわけじゃないですか。そういうのに挑戦するってすごいよなと、僕としては感心していました。で、僕は朝四時ごろ起きるんだけど、あの人は徹夜で仕事をして、明け方に寝るんです。ちょうどすれ違いで、三十分くらい朝食の席で話をして、橋本さんは「じゃあ、おれ寝てくるわ」、僕は「じゃあ、僕はこれから仕事するから」って、別れていました。あれはなかなか面白かったな。コンビニの遅番と早番の交代みたいで。話はだいたい源氏物語についてのことが多かったけど。

下訳はね、一度も使ったことがないです

柴田　去年、一昨年くらいに、円城塔とか松田青子とか、作家が次々と翻訳を出し始めて、これは新しい流れなのかもと思ったりしました。

村上　丸谷才一さんは……翻訳した数はそんなに多くないかな。

柴田　そうですね。やっぱり、鷗外、村上がダントツなんですよ、数的には。

村上　あと昔は、下訳があるんでしょうとよく言われたけど、下訳はね、僕は一度も使ったことがないです。だって、そんなことしたら、翻訳の面白いところが半分以上なくなっちゃうじゃないですか。いちばんおいしいところがね。ゼロから起こしていくのがなにせ楽しいんだから。セックスで言えば……っていうたとえ

はやめておくとして（笑）。とにかく、翻訳って最初からしっかりやらないとぜんぜん面白くない。チェックしてもらうことは僕にはすごく大事なんだけど、下訳は必要ないですね。

柴田　ようするに下訳というのは、各ジャンルの「型」みたいなものがある世界じゃないとなりたたないんじゃないですかね。

村上　そこに味つけしていく。

柴田　だれがやってもある程度は同じようになるということですね。僕も自分で下訳を使う気にはまったくならないです。

村上　最初の頃は、ときどき出版社が下訳を持ってきて、これを翻訳してくれますかって言われることはあったね。僕はやりませんってぜんぶ断ってましたけど。

柴田　そうですか。昔は作家の訳ってたいてい下訳がありましたよね。谷崎潤一郎も友人の助けを借りているし。鷗外や二葉亭四迷あたりまでさかのぼるとぜんぶ自分で訳していますが。鷗外はすべてドイツ語から訳していて、原文より名文と言われるアンデルセンの『即興詩人』なんかも、原文のデンマーク語からではなくドイツ語訳からかなり自由に重訳しています。

村上　あれはドイツ語からだったんですか。

柴田　はい。ポーもトルストイもドイツ語訳から。

村上　あの人は、英語はだめだったんですか？

柴田　聞いたことないですね、そういえば鷗外の英語力ってどうだったんだろう。とにかく明治時代、ドイツに留学していれば、英語は必要ないでしょうからね。ドイツで何か集まりがあったとして、そこで共通言語として英語を使おうというなんてことはなかったでしょうから。

村上　そういえば以前プラハに行ったとき、カフカの書斎というのがありまして、本棚がその当時のまま残っているんだけど、英語の本がやたら多かったのでびっくりしました。ディケンズとかね、ふーん、英語で読んでいたんだと驚きました。カフカが英語で本を読むって、ちょっと意外ですよね。ところでチェコの人って、カフカはチェコの作家だと思っていなくて、ドイツの作家だと思っているんです。作品はぜんぶドイツ語で書いているから。だからチェコの人はカフカをほとんど読んでいないんですよ。チェコに行ってカフカの話をしてもぜんぜん盛り上がらない（笑）。フランツ・カフカ賞を受賞したとき、プラハに行ってフランツ・カフカの話をしたんだけど、みんな彼のことをよく知らないんですよ。とくにある程度年齢が上の人は、共産主義政権下で育ってきたから、カフカの著作は発禁になっていて、ぜんぜん読んでない。

翻訳は午後の楽しみにとっておきます

柴田　海外で、村上さんはすごく多産な翻訳家でもあるんだと言うと、「へえ、そうなんだ」と言われます。村上さんのことだったら、英語圏ではもうなんでもだいたい伝わっているのかと思うと、翻訳家としての面は、案外知られていないですね。

村上　翻訳をこれくらいしている作家ってあまりいないですよね。売れない時代のポール・オースターはやっていたけど。ある程度売れてからは、もうそんなにやってないですよね。

柴田　はい、やってませんね。オースターの元奥さんのリディア・デイヴィスは、作家としてひょっとしたらいまはオースター以上に売れていますけど、最近になってフローベールを訳したり、プルーストを訳したりしていますね。ちょっと珍しいケースです。

——編集部　村上さんの一日の時間配分はどうなっているのでしょう。

村上　基本的に時間があまっちゃうんですね。僕はだいたい朝四時頃起きるじゃないですか。だから朝のうちに自分の小説の仕事を済ませちゃうと、あとは時間があまって……。ジムに行ったり走ったりするのは一、二時間あればオーケーだから、まだ暇がある。それで、じゃあ翻訳でもやろうかと思って、ついついやっちゃうわけです。

——編集部　四時に起きて、いきなり翻訳にとりかかるということはないわけですか？

村上　朝のうちはまず翻訳はしません。朝は大事な時間なので、集中して自分の仕事をして、翻訳は午後の楽しみにとっておきます。で、日が暮れたら仕事はしない。野球観るか、映画観るか、音楽聴くか。日が暮れてから仕事をするのはよくないことです。自然に反する（笑）。暇があれば遊びにいけばいいじゃないかって言われるんだけど、外で遊んでもそんなに楽しくないし、つい翻訳に向かってしまう。結局、いやなことをやっているわけじゃないから。

柴田　それですよね。

村上　仕事としてやれと言われると、けっこうきついかもしれないけど。

柴田　僕の場合も、翻訳家を名のってはいても、気分としては仕事じゃなくて遊びです。

村上　ただね、僕は柴田さんと違って、一日に翻訳をやれる時間というのは限られているんです。二時間くらいやるとだんだん疲れてきます。数学のパズルなんかをやっていても、途中で頭が働かなくなることあるじゃないですか。あれと同じです。二時間くらいで限界が来ちゃうから、それ以上はやれない。

柴田　僕は二時間くらいからだんだんハイになってきます。そこからはもう、原文の、次に何が書いてあるかが、読む前にわかるというくらいに……。

村上　うーん、すごいなあ。トランスレーターズ・ハイみたいだ。

柴田　気分ですよ、気分としてはそういう感じです。のってくると、ああ、こういう流れなんだなと思うと、もうセンテンスの終わりまで読まないですね、もちろんあらかじめ通して読んではいるけど、ひとつひとつのセンテンスなんか覚えていない。でも訳しているときに、センテンスの最後まで読む必要を感じないですね。だいたい原文の語順で訳していって、あ、この語順じゃだめだと思ったらそこで入れ替えればいい。

村上　柴田さんは手で書いているんですよね。

柴田　手書きですね。

村上　僕はね、パソコンでやっているから楽なんですよ。文章をピピピッと入れ替えればいいだけだから。手書きでやると、原稿がぐしゃぐしゃになっちゃうじゃないですか。

柴田　でも手のほうがやっぱり、漢字の変換なんかを考えなくていいので。

村上　手で書いた原稿を柴田さんの奥さんが打ち直してくれるんでしたっけ？

柴田　はい、それが大前提です。

研究社の人に表彰状をあげたいくらい

――編集部　複数の訳書を抱えて、同時進行的に訳すのでしょうか？

柴田　いや、やっぱりなるべく一冊に集中したい。のめり込んだほうがいいですね。三つ並行してとかは、やりたくないですね。

村上　あれは使っていますか、研究社のオンライン辞書。

柴田　僕は電子辞書です。

村上　昔はいくつも辞書を並べて、俗語辞典とかもあって、机の上がいっぱいになっちゃったんだけど、あのオンライン辞書が登場して、なんでもカバーできるようになったから本当にありがたいです。海外でも簡単に使えますし、辞書をいちいち持ち運びする手間が省けます。僕としては、研究社の人に個人的に表彰状を書いてあげたいくらいのものです。こういうのをよくぞ作ってくれたと。

柴田　あれはよさそうですよね。聞いたら研究社の人が喜ぶだろうな。僕もパソコンをつけて仕事をするという前提だったら、そういうのを使うでしょうね。でも翻訳をしているときはパソコンがついていないから、ちっちゃい電子辞書だけです。中身は研究社の辞書が中心ですが。

村上　あれ大変でしょ、小さいと。

柴田　いや、そんなことはないですよ。だって右手で書きながら、左手でキーを押せるじゃないですか、電子辞書だと。

村上　そんなことしてるんですか。すごいなあ。

柴田　電子辞書をこっち（右）に置いたらだめなんですよね。

村上　グーグルは使ってますか？

柴田　使いますよ。でも、調べものが少なくてすむ作家だったら、訳すときに検索すると流れが途切れちゃうので、傍線かなんか引いといて、あとでまとめて調べます。（トマス・）ピンチョンを訳したときだけは今言ったこととすべて違っていて、とにかくもうほとんどの時間リサーチしていますから、グーグルでいろいろ調べつつ訳すので、ピンチョンだけは原稿もキーボードで、自分で打ち込みましたね。

――編集部　古典を訳すときと現代作品を訳すときでは、調べものの量が変わったりしますか？

柴田　古典を訳すときに、唯一、精神衛生に悪いのは、ある程度、既訳も参照しなきゃいけないことですね。

村上　僕はそういう場合は、ぜんぶ自分で訳しちゃってから、最後の段階でリファレンスとして既訳を見るんです。途中で見るとよくないですね。

柴田　ええ。旧訳のほうが見事だったりしても、それをそのまま使うわけにはいかないし。見てもあんまりいいことはないですね。今やってる「ＭＯＮＫＥＹ」[*21]で古典を訳すときは、編集者の郷雅之さんが僕の翻訳を既訳と対照してくれて、「既訳ではこうなっていますけど、どうしますか」というふうに、ゲラに書いてくれるので、それはすごくありがたい。時間のかかる作業ですからね。

村上　大きな声では言えないし、ここでは具体的な書名もあげませんが、既訳の中には呆然とするくらい荒っぽい、杜撰な訳もありました。わからないところはみんなそっくり省いてあったり、勝手に作り替えてあったりして、ほとんど翻案に近いです。昔はのんびりしているというか、おおらかだったというか。そういえば、超訳って、あれはいったいなんなんですか？　僕はよくわからないんだけど。文章を適当に省いてあるということなんですか。

柴田　大学院生だったころ、僕はやらなかったけど、ロマンス小説なんかの翻訳のバイトが回ってきて、いちばんページ数の効率がいいように、十六の倍数のページに収めるようにとか、それよりオーバーするようだったら、ちょっと登場人物をひとり消してくださいと

＊21　柴田元幸責任編集「ＭＯＮＫＥＹ」（スイッチ・パブリッシング）二〇一三年十月創刊。年三回発行。

か、指示されてましたね。やっぱり純文学というか、シリアスな作品ではそうはいきませんよね。

制約のない小説の仕事と、制約のある翻訳の仕事

村上　ところで、柴田さんと一緒に訳したギンズバーグ、あれはとにかく難しかったですね、本当に。パティ・スミスが日本でギンズバーグの詩をいくつか朗読することになって[*22]、パティから個人的に「詩を六編ほど、日本語に訳してくれないか」と頼まれたんです。パティとはそのまえにベルリンで会って、二人でかなり長く話をしたことがあって、仲良くなっていたもので。どうしてかはわからないけど、彼女は僕の本を全部読んでいるんです。で、ギンズバーグの詩の訳なんて、僕としてはもうぜんぜん自信はなかったけど、「柴田さんと半分ずつでやれるなら、やってもいいですよ」と返事をしたんです（笑）。ほとんど柴田さんをむりやり引きずり込んじゃったみたいで。

柴田　難しかった上に、なんというか、訳文でどこまで詩のよさが伝わるだろうかという

＊22　『THE POET SPEAKS ギンズバーグへのオマージュ』二〇一六年六月四日、すみだトリフォニーホールにて、生誕九十周年を迎える詩人、故アレン・ギンズバーグの詩をパティ・スミスが朗読し、フィリップ・グラスが演奏。村上春樹と柴田元幸による訳し下ろしの詩が、在りし日のギンズバーグの写真やイラストなどとともにステージ上の大スクリーンに投影された。

不安があって……。

村上　読む人がどれだけ理解できるかというのと、これは本当に詩の精神を伝えているかという、そのせめぎ合いがね、ほんと骨でした。

柴田　でも実際にパティ・スミスさんがその詩を原文で朗読するところを見たら、あ、これでわかるんだなと思った。つまり、われわれの翻訳は、あくまで映画の字幕みたいなものので、訳文がすべてだと思わなくてよくて、まずはパティの声の強さがあって……。

村上　サウンドの質感みたいなものが、大きな意味を持って、中心にありましたね。僕も立ち会っていて、つくづく感心しました。そうか、詩とはこういうものだったんだと。目で読んでいるだけではわからない。

柴田　それを補助しているのが訳文なんだ、というくらいに考えればいいんだなと思って、パフォーマンスを見て、ちょっと、というか、おおいに安心しましたね。ほっとしました。

村上　僕が思ったのは、あまりきちっきちっと正確に訳すよりは、少しいいかげんでも、あえてちょっと色づけをして、プラスアルファを入れたほうがよかったなと。本で読むときには、けれん味というのはじゃまになるときがあるんだけど、不思議なもので、ああいう場だと、そういうものがちょっとあったほうがね。

柴田　あとから考えると僕もそう思うんですけど、実際翻訳しているときにはなかなかそういうふうには考えられないですね。

村上　ちょっと味つけするというか。そうすると、わりにノリがよくなって、面白くなるんじゃないかな。

柴田　けれん味とは違うんですけど、結果的に同じようなことかなと思うのは字幕の翻訳で、とにかく字数の制限があって、減らすじゃないですか。文字数を減らすと、表面上はすごく変えてしまっているんだけど、ああ、確かにこのほうがいいなと思うことはけっこうあるんですよね。字幕の仕事をこのまえやりましたけど、[*23] あれは面白かったな。

村上　（ポール・）オースターもやったんですよね。

柴田　はい、ずいぶん前に、オースターのドキュメンタリーの字幕を、半分だけだけどやらせてもらいました。やっぱりまったく字幕翻訳未経験の人間に全部任せるのは向こうも躊躇したんでしょうね。惜しいことに権利の関係でDVDとかにはなっていなくて、いまや幻の仕事です。とにかくこの一文でいちばんのポイントは何かということを、考える訓練になった。ただ、ついこのあいだも、名編集者マックスウェル・パーキンズについての映画に字幕協力という形でかかわったんで[*24]すけど、やっぱりここまで削らなきゃいけない仕事というのは、自分でしょっちゅうやるにはつらいかなと思いましたね。残せるものがあまりにも少ない。

村上　字幕よりはむしろ吹き替えのほうが、内容がたくさん盛り込めるって聞きましたけど。

柴田　そうですね。伝えられる情報量は多いですね。吹き替えには吹き替えの、いやな感じはあるけど。歌の訳詞ってあるじゃないですか、歌えるように訳した歌詞。あれもやっぱり、込められることは少ないですね。原詞より増えることはまずないですね。小説も、

23 『写真家ソール・ライター　急がない人生で見つけた13のこと』

24 『ベストセラー　編集者パーキンズに捧ぐ』

翻訳するとページ数はだいたい増えますよね。

村上　翻訳するのと小説を書くときの違いは、小説というのは見直すときに、ここはいらないなと思えば削るし、このへんはちょっと足りないから何か付け加えよう、みたいなことができるけど、翻訳はそれができないですよね、勝手には。そこがいさぎよいといえばいさぎよいし、不便といえば不便で。けっきょくオリジナルには手を触れられない。それこそ超訳じゃないからね。触れられないなかでベストを尽くすしかないという、一種のパズル的な作業になります。小説の場合は、ここで二ページ削っちゃおうと思ったら削っちゃえるわけだし、実際にそうしているしね。たとえば僕だったら、二千百枚書いたとすると、それを直していくとだいたい千八百枚くらいになっちゃう。つまり三百枚くらいは削っているんだけど、翻訳の場合は、まさかそんなことはできません。そういう意味で、一日の中で、制約のない小説の仕事と、制約のある翻訳の仕事という、ぜんぜん成り立ちの違う作業に並行して取り組むというのは、作業としてはなかなか面白いです。

たとえばチャンドラーって、比喩がうまいじゃない。でも、あの人の書く比喩って、十のうち三はそんなに面白くもないんですよね(笑)。

——編集部　かといって、それを村上さん独自の比喩に置き換えるわけにはいかない……。

柴田　そうなんですよね。でもたとえば小田島雄志さんのシェイクスピア訳は、シェイクスピアと駄洒落の数は同じにしようと努めているわけですよね。でも、まったく同じところで駄洒落を再現できるとは限らないから、だいたいそのへんで洒落を一個つくるというやり方。笑いの量はだいたい同量で。

村上　駄洒落の翻訳って、あれはなかなか難しいですよね。ときどき同じような駄洒落を考え出したりするんだけど、まあ所詮は遊びだから。ル＝グウィンの『空飛び猫』の中に、赤ん坊猫が“human beings”って言えなくて、“human beans”って言うところがありました。これを僕は「にんげん」と「いんげん」って訳したんです。いちおう「豆関係」で（笑）。でもまあ、いつもいつもそういうのはうまく思いつけるものじゃないですしね。

古びそうな言葉は できるだけ使わない

村上　僕の家の本棚には、柴田さんの本専用のスペースみたいなのがあって、そこでは毎月のように本が増殖していくという印象があるんですが、訳書は年間何冊くらい出していますか？

柴田　二、三冊くらいじゃないですか。今は「MONKEY」という雑誌をやっていますから、それが年に三冊出ますが、本格的な長篇小説の翻訳書は年に一冊か、せいぜい二冊ですね。あとは、細かくやってきたことの副産物みたいなものとか、あとエドワード・ゴーリーの絵本なんかも訳しているので、けっこう数としてはたくさんに見えますね。

村上　しかし柴田さんがやっているのはかなり難度の高いものが多いからなあ。

柴田　村上さんは、訳してみたらこれは失敗だったなと思ったことってあります?

村上　いちおう最後まで読んで、よし、これをやろうと思ってやるわけだから、ハズレというのはほとんどないですね。それでも「こんな大変なものやるんじゃなかったよな」と後悔することはたまにあります。

柴田　僕は最初のころは、やれと言われたものはほとんどなんでも引き受けたから、そうすると、この短篇はちょっとなあ、というのはありましたね。さっき話題に出た「ハッピーエンド通信」というのを加賀山弘さんという人がやったわけですけど、その次の「Par AVION」という雑誌を彼がつくった[*25]あたりから僕は翻訳を始めて、加賀山さんがけっこう使ってくれたんですけど、なんでもほいほい引き受けていました。これはちょっとなあ、みたいなものも……。でもそういうのは、今考えると断るべきだったですね。作品にも失礼だったなと思う。まあ、ちゃんとベストは尽くして、敬意をもって訳したつもりですけど。

村上　翻訳って、弟子をとる人っているんですかね。

柴田　翻訳学校の先生をやっていると、師弟関係ができちゃうんじゃないですかね。よくわかりませんが。

村上　翻訳学校というのがちゃんとあるんだ。

柴田　ええ。僕もたまに講演に行きます。あ

＊25　「Par AVION（パー・アヴィヨン）」一九八八年四月創刊（SDC出版部発行）。翌年六月の通算七号目を最後に休刊。

る学校に二年続けて喋りに行ったら、「去年と同じTシャツ着てますね」って言われました（笑）。翻訳家になるいちばん確実なルートではありますよね、翻訳学校の生徒になるというのは。

――編集部　柴田さんの講座を受講した人が、「悪文と言われるような文章を、かんなをかけたみたいにきれいにしちゃいけない」というお話が印象的だった、と言っていました。とすると、これは日本語として読みづらいなという訳文も、あえてそのままにされるんですか？

柴田　そこは難しいところですね。まず、少なくとも原文よりわかりにくくなってはいけないというのは大原則です。その一方で、ところどころで立ち止まらされるような文章が、いまふうに言う「サクサク読める」訳文になってもいけない。いまだにその答えはないんですけど、ちょっとへんな、崩れている文章だから崩して訳そうと思うと、たんに下手な日本語にしかならないということは、いつも悩みとしてありますね。ちなみに「かんな」の比喩は©岸本佐知子さんです。

村上　あと、four-letter words（四文字言葉）をどこまで訳すか。これはもうケースバイケースしかないけど。

柴田　単語単位で考えないほうがいいですね。段落全体で、乱暴な感じとか、卑猥な感じとかが等価になるのを目指すのがいいと思う。

村上　「このメス犬」とか、「売女」とか、ああいうのはかんべんしてくれよなって思いますよね（笑）。でも最近、“bitch”は「ビッチ」である程度いけるようになってきました。「ファック」もだいたいそのままでいける。これは翻訳者としてはすごくありがたいことです。

柴田　いや、ほんとに。

村上　社会的にみればあまり褒められたことじゃないのかもしれないけど（笑）。最近は「マザーファッカー」も、僕はそのままにしちゃってることが多いですね。「クール」もそのまま使えるシチュエーションが増えてきて、なかなか便利になりました。

――編集部　流行語を使うと翻訳の古びるのが早くなりますか。

村上　それはありますよね。古い翻訳書を読んでいて、「イカしてる」なんて書いてあると、なんなんだと思うものね。「すかしてやがるぜ」とかさ。ですから、僕が翻訳する場合にも、早く古びそうな言葉はできるだけ使わないというのが、けっこう大事なことになります。「これはあとまで残るかな？　それともそのうちに消えちゃうかな？」というぎりぎり境界線上の言葉や表現もあって、このへんの判断はなかなか難しいですね。結局は翻訳者のセンスの問題になります。英語がすごくできる人でも、必ずしも良い翻訳者にはなれないというのは、そういう部分があるからでしょうね。

――編集部　英語より日本語のほうが、新しい言い回しが使われる傾向があるのでしょうか。

柴田　日本語は変わりますね。『ガリヴァー旅行記』なんか十八世紀に書かれたのに、言葉は現代とそんなに変わらない。シェイクスピアが書いていたのが十六世紀末、十七世紀はじめあたりで、そのへんで大きく変わって、そのあとは、そんなに変わってないですね。

村上　翻訳ということを離れれば、夏目漱石の小説の文章なんて、今はもう使われていない表現や言葉が多くて、註を見ないと意味がわからないみたいな俗語もたくさん使われているんだけど、それでもそういうところがかえって面白いですよね。不思議な臨場感があって、それが漱石の文体のひとつの魅力みたいにもなっています。でも翻訳の世界ではそういうことはたぶん起こらないと思います。翻訳というのはあくまで「黒子」ですから、原文の流れの邪魔をしちゃいけない。

小説の書き方なんてほとんど何も知らなかった

――編集部　作家になっておかなければ翻訳は出せなかったと、以前おっしゃっていましたね。

村上　そうそう。作家になったことで、結果的に翻訳の仕事ができるようになったわけです。翻訳者としてはまったくしろうとだったし、何の実績もないし、もし小説家にならなければ、誰も僕に翻訳なんてさせてくれないですよ。小説家になったときに、そうだ、これでやろうと思えば翻訳もできるんだということに気がついて、こいつはいいかもと思いました。ラッキー、とか（笑）。

――編集部　『風の歌を聴け』でデビューされたのは一九七九年。

村上　デビュー作を書いたのが二十九歳のとき。それまで小説なんてひとつも書いたことがなかった。これがまったくの処女作です。このまえ僕は、熊本で「100パーセントの女の子」[*26]と「鏡」[*27]という、まったくの初期に書いたとても短い小説を朗読したんですが、あらためて読み返してみると、これがけっこう悪くないんですよ。自分で褒めちゃうのもなんだけど。未熟なところもいっぱいあるんですが、逆に今となってはもう、こういうのってまず書けないよなというところもあります。あの頃に、小説の書き方なんてほとんど何も知らなかったのに、なんでこんなものが書けたんだろうって、今から振り返ると不思議に思っちゃいますね。たぶんごく自然にすらっと書いちゃったんでしょうね。

――編集部　しぼり出して作り出したというのとは、たぶん違う次元の……。

村上　しぼったことないですねえ（笑）。

柴田　この夏イギリスでアンドルー・カウアン（Andrew Cowan）という作家に会って話したんですけど、ムラカミのような作家はすごく健全だと思う、と彼は言っていました。小説を書きながら、次はどうなるんだろうって自分で発見を楽しんで書いている気がするんだよって。彼自身はぜんぜんそうじゃないからって。

村上　作家はいろんな書き方をします。一人ひとり書き方が違います。（ジョン・）アーヴィングと話したときに、どういう書き方するんですかって聞いたら、自分は細かいプランみたいなものは作らないけど、いくつかポイントはこしらえておくんだって、彼は言っていました。で、結末もだいたいわかっている

＊26　「四月のある晴れた朝に100パーセントの女の子に出会うことについて」「トレフル」（東通社）一九八一年七月号に掲載、『カンガルー日和』（平凡社、一九八三年九月）に収録。

＊27　「鏡」「トレフル」一九八三年二月号に掲載、『カンガルー日和』（平凡社、一九八三年九月）に収録。

んだと。極端な話、最初に結末を書いちゃうこともあるそうです。で、出発点からどうやってそこまで行くか、ポイント、ポイントにいくつかランドマークがあって、そこをたどって行くんだと。そう言われて読んでみると、アーヴィングの小説というのは、たしかにそういう小説なんですよね。結末はわりにはっきりしている。そしてレスリングとか、熊とか、そういうランドマークも随所にある。なるほどな、そういうことなのかと納得しました。

柴田　村上さんはもっとこう、書きながら発見していく、という感じなんですか。

村上　そうですね。何が起こるかは、僕にはまったくわかりません。角を曲がると新しい光景が出てきて、それをそのまま描写する。それだけです。

柴田　じゃあ、アンドルー・カウアンの勘は正しいですね。

村上　正しいです。結末はまったく決まっていないし、ランドマークもほとんどありません。ただ、書いていると、ランドマークみたいなものが目の前に勝手にできていくんです。で、さらに書き進めていくと、また新たなランドマークができていく。そうすると、さっきのランドマークとこっちの新たなランドマークが、メタフォリックに、シンボリックに結びついていきます。そういうことが僕の中で自然に起こってくるんです。どうしてだか自分でもよくわからないんだけどね。

──編集部　デビューの翌々年に当たる八一年には、早くも最初の訳書『マイ・ロスト・シティー』が出ています。

村上　とにかく小説を書いて、翻訳をやってきたわけなんですが……翻訳に関しては、昔やったものははっきり言って下手でしたね。小説の場合は、昔書いたもので、「けっこう悪くないじゃん、これ」と思うこともあるけど、翻訳はただ単純に下手だった。英語の知識と、技術的ノウハウの蓄積ができてきて、だんだん少しずつうまくなってはいくけど。

柴田　僕も自分の翻訳についてそうだと思いたいですけど、ただ、だんだん脳細胞が老化して頭が悪くなってきてる面もあるから。

村上　本当かなあ。でもやっぱり、翻訳というのは正確さと読みやすさというのが両輪じゃないですか。若いころにやった翻訳は、正確さがどうしても欠けますね。気持ちは入っていても。

柴田　ああ、なるほど。僕は逆だなあ。正確さはたぶん昔からけっこうあって、読みやすさには頭が回らなかったという感じです。さっき very tired を例にして言った、字面の上での等価性ということに固執しすぎていたというか。その点に限っては、いまの方が柔軟に考えられるようになったと思いたいですね。

——編集部　それは小説家として先にやってこられたのと……。

柴田　ああ、学者をめざして勉強していたという違いはあるかもしれないですね。

村上　僕はやっぱり、翻訳をするときに、正確になりたい、正確に訳したい、という気持ちがすごくある。昔は英語の知識がそれほどなかったから、そのへんが弱点になっています。読みやすさに関してはたぶん、初めのうちからそれなりにできていたと思うから、あまりそういうことは考えなかったですね。精度をとにかく少しでも改良したいと思いながら、ずっとやってきました。

——編集部　直したいのはかなり前に訳されたものですか？

村上　最初のころの翻訳。とくに『マイ・ロスト・シティー』に関しては、その時代の風俗的なもの、現象的なものを、当時はまだよく調べきれなかったんです。今だったらインターネットがあるから、もっともっと突っ込んでやれるはずだけど、でもそれと同時に、あんまり突っ込んでやってもしょうがないかなと思うこともあります。それこそ註が多くなっていくばっかりかもしれない。

——編集部　調べすぎちゃうということはないですか。

柴田　調べすぎる……。グーグル見て、このサイトに必要な情報が載ってるかなと思ってそこに飛んで、またそこから別のサイトに飛んで、気がつくと三十分たってて、翻訳は一行も進んでいないとか。

村上　関係ないもの見てたりして。

柴田　いつのまにかワインを注文してたり（笑）。

そのうちにまたアンソロジーを編みたい

――編集部　村上さんの翻訳はバラエティがありますよね。小説あり、絵本あり、ノンフィクションあり……。

柴田　村上さんのアンソロジーは、自作が一本入ってるというのがカッコいい。

村上　アンソロジーって僕、好きなんですよね。誕生日の話を集めた『バースデイ・ストーリーズ』を出して、『恋しくて』のときは、ちょうどいいラブ・ストーリーを三つくらい続けて読んだので、これを核にしてアンソロジーができるぞと思って。柴田さんにも一本紹介してもらって、最後に僕が一本、自分でも短篇を書いて、それでぜんぶで十編集まった。

柴田　すごいですよね、書いてしまうというのは。

村上　編者が自分で作品をひとつ書くというのも楽しみのひとつです。たしかに自分で書けるというのは、楽でいいですよね。アンソロジーに収録するてきとうな作品が見つからないときなんか、翻訳しているふりをして、自分でオリジナルをでっちあげちゃおうかと思うこともありますね（笑）。名前を勝手にこしらえて、あまり知られていないアイスランドの作家ですとか言って。そういえば、かなり昔のことですが、雑誌に書評を頼まれたとき、存在しない本の書評を書いたことがあります。まず本を読まなくちゃいけないじゃないですか、書評って。時間がなくてあまり本が読めないときとか、てきとうな本が見つからないときとか、しょうがないから自分で勝手に本をつくってしまって、その書評を書いたりしました。出鱈目《でたらめ》なあらすじを書いて。

柴田　初耳。それはそのまま載ったんですか。

村上　載りました。昔のことだから、もう時効だと思う。今だったら、グーグルとかアマゾンとかで調べられて、嘘だってあっという間にバレちゃうけどね。

柴田　衝撃的。

村上　そんなの、みんなやってるかと思ってたけど。

柴田　やってませんよ（笑）。

——編集部　アンソロジーで、なりすましが一本入っても面白いかもしれないですね。

村上　面白いだろうね。偽の情報をグーグルにアップしてね。

柴田　そうか、そこまでやるか。

村上　柴田さんも好きですよね、アンソロジー。

柴田　はい、好きです。昔、自分の好きな曲だけダビングしてカセットテープ作ったりした、ああいう感じですよね。

村上　でもあれ、ドライブに誘われて、趣味に合わないのを聴かされるといやだよね（笑）。

柴田　そう、だから人の作ったアンソロジーはそれほど読まない（笑）。一人の作家の短篇集って、ぜんぶを好きってことはまずないじゃないですか。七割、八割、好きだったらもう全部訳そうと思うけど、この一本だけはいいんだけどなあというのがたまってくることがあって、そうするとアンソロジーを編みたくなる。

村上　短篇集を一冊まるごと訳すとき、ひとつかふたつ、あまり気に入らないものが入っていると、けっこう疲れますよね。カーヴァーもそうで、短篇集を一冊訳すと、「これはちょっと作品として弱いかな」と感じるものが必ず入っています。でもまあ、個人としての作家と付き合うというのはそういうことだから、それはそれとして呑み込んでいかざるを得ない。

柴田　それはそうですね。『ナイン・ストーリーズ』だと、最後の「テディ」が僕は苦手で、これはちょっと、早く終わりたいと思いながらやりました。

村上　僕もあの作品はちょっと苦手です。サリンジャーの短篇は、良いものはすごく良いけど、ばらつきも激しいから。でもね、最近では電子ブックの短篇集ばら売りみたいなこともやっているでしょう。あれはどうかなと僕は思うんです。やはり短篇集というのは、中にすごい作品もあり、それほどすごくない作品もありで、そうやって総合的に成り立っているものだと思うんです。そういう成り立ちはやはり大事にしていかなくちゃならないんじゃないかと。レコードの場合もそうだけど、最初はつまらないと思っていたトラックが、あとになってだんだん気に入ってきたり、みたいなことはありますよね。

僕はそのうちにまたアンソロジーを編みたいなと思っているんです。こんどのテーマは「不倫」でいこうか、「復讐」でいこうかと、わりに迷っているところです（笑）。ただ、アンソロジーをやるからにはね、昔の「ザ・ニューヨーカー」とか「エスクァイア」みたいなのを書庫から引っ張り出してきて、いい短篇小説はないかなと一冊一冊調べたりしなくちゃならないし、仕込みに時間がかかるんです。日頃からひまを見つけて、ちょくちょくと目を通していないと追いつきません。アンソロジーを編むのって、自分一人でやるとかなりたいへんな作業になります。でも自分一人でやらないと面白くないしね……。

ついつい翻訳に手が出てしまう

村上　僕が今、進めている翻訳は、グレース・ペイリーの*Later the Same Day*（『その日の後刻に』）です。ペイリーの残した作品集のうち、これが一冊だけ残っていて、なんとか片付けてしまわなくちゃならない。それでペイリーがぜんぶ訳せて、ほっと一息つけます。ほかにやることがいっぱいあって、ずっと放ったらかしみたいにしていたので、気になっていました。

　それからチャンドラーの長篇があと一作残っています。*The Lady in the Lake*（『湖の中の女』）。これでチャンドラーもおしまい。カーヴァーはすべて訳しているから……この三人の作家を、いちおうコンプリートに翻訳したことになります。もちろん、ペイリーは、エッセイなんかはやっていなくて、小説に関してだけだし、チャンドラーも長篇に限ってはということですけど。それに比べると、カーヴァーは詩集まで一つ残らずやったから、本当の意味のコンプリートです。達成感みたいなのはあります。なかなか大変な作業だったけど。

あとはフィッツジェラルドの後期短篇集、これもこれから是非手がけたいもののひとつです。一九三〇年代になって、世間的名声を失ってからのフィッツジェラルドの作品の中には、きらりと光る素敵なものがいくつもあります。そういうのに個人的に心を惹かれます。

――編集部　カーヴァーに関しては、始められたときは、新しい作家として紹介されたわけですよね。

村上　そう。彼の場合は、ほとんどリアルタイムで訳していましたね。まだ若かったし、まさかあんなに早く亡くなるとは思わなかった。[*28] でもね、正直に言って、最後のころはカーヴァーも「ちょっと煮詰まってきたかな」という感じはなくはなかったんです。でもそこで「使い走り」が発表されて、「おお、これで一歩脱けたな」と思いました。素晴らしく新鮮な短篇小説だったし。それで、「ひょっとして、カーヴァーはまた新しい方向に進んで行くのかな」と思っていた矢先に、急に亡くなってしまった。ほんとうに惜しい人を亡くしてしまったなと痛感します。

同じ時代を生きている作家の作品をリアルタイムで訳していくというのは、面白くはあるけど、そのぶんけっこうスリリングですよね。何が起こるか、次にどんな作品が出てくるか予測がつかないわけじゃないですか。だから僕の翻訳者なんかも大変だろうなと推察します。次に出た作品がもし気に入らなかったらどうしようって、訳者は怯えているんじゃないのかな。もしそれが箸にも棒にもかからない作品だったらどうしようかと。

柴田　村上さんの訳者についてはわからない

＊28　レイモンド・カーヴァー（一九三八－八八）一九八八年八月二日、肺がんにより死去。享年五十。

けど、訳している作家の次の作品がダメだったらどうしよう、って思いますよね、たしかに。

村上　僕はフィルとテッドとジェイ、英語の翻訳者が今の時点で三人いるから、だれかはたぶん気に入ってくれるんだよね（笑）。それはまあいいなと思って。ジェイなんかはっきりしていて、「これはやりたくない」とか言うから。『色彩を持たない多崎つくると、彼の巡礼の年』、あれは、感じとしてジェイがあまりやりたくなさそうだから、他の翻訳者のほうに回したら、「なあ、ハルキ、あれは僕の好みの話だったんだけど」ってあとで言ってきて。そのへんの見極めはなかなか難しいんだよね（笑）。

柴田　僕が訳しているポール・オースターは、次に出る長篇は原稿が千百枚以上あって、ダメだったらどうしようと思ってたんですけど、編集中の原稿を送ってもらって読んだら、これがすごくいいんですよ。

村上　そうですか、それはよかった。オースターは多作だから、リアルタイムの翻訳者としてはたいへんでしょう。

柴田　こつこつ書きますからね。トップのランナーに一周抜かれたと思ったら、またもう一周抜かれた、みたいな感じです。今回のは長いので、さすがに前作から三、四年、間が空いたんですけど、それでももう来年出てしまいますからね。

村上　それに柴田さんはフィリップ・ロスもやっているから。ロスもどんどん書いているわけでしょう、現役で。

柴田　ええ、でもロスはぜんぶやるわけじゃありませんから。

村上　作品を選んで訳しているの？

柴田　はい。フィリップ・ロスは、いいと思うものはすごくいいけど、僕には手に負えないと思うのもあります。やっぱり、ロスでやるとしたら、『素晴らしいアメリカ野球』のころの作品ですね。『ポートノイの不満』とか。

村上　『ポートノイ』って今はあまり読まれていないですね。

柴田　読まれていないと思いますね。アメリカでは、二〇〇〇年前後に出た、すごく本格的な、四百ページ、五百ページの長篇がどれも評価が高いし、実際、そのへんの作品がいちばん重厚だと思うんですけど、なんか、ロスは真面目なのより、もっと悪ふざけのほうが僕は好きなんですよね。ロスは自分の作品がどう訳されるかをすごくきちんと考える人です。訳者あとがきを英語に翻訳して読ませろとか。事前に装幀を見せろなんていうのはもちろんで。

村上　訳者あとがきに何を書かれているのか気になるんだね。

——編集部　その場合は柴田さんが自分であとがきを英訳なさるんですか？

柴田　いや、それはだれかに頼みましたね。一冊目のときなんかは、訳文を日本語と英語の両方読める人間にチェックさせた上でそのリポートを書けと要求されて。若手名訳者のマイケル・エメリック君がまだいまよりはヒマだったので、彼に頼んでリポートを書いてもらいましたけど。

村上　サリンジャーの『キャッチャー』のときもけっこう大変でしたけどね。あれこれ著者サイドからの要求が多くて。たとえばあとがきをつけちゃいけないとか、カバーには絵を入れるなとか。そこまで言うかなと思いますけど。

僕も外国で翻訳が出るときは、タイトルとカバーまわりだけは前もってチェックさせてもらいます。それが出版契約の条件として入っています。最初の頃は、日本の作家ということで、すごいオリエンタルっぽいデザインの表紙が多くて、片端からだめ出しをしていました。おかげで最近はそういうのはすっかり減ってきましたけど。あとタイトルもあまり勝手に変えられると困りますよね。それ以外のことはとくにうるさく言いませんけど。あとがきも気にならないな。

——編集部　村上さんのこれからの翻訳の仕事の分量というのは、これまでと変わらずですか。

村上　たぶんそんなに変わらないと思いますね。急によほど馬鹿になるか、目をよほど悪くしたりしない限り。

柴田　村上さんの訳書の数は、たいていの専業の翻訳家より多いですよね。

村上　まあ、僕の場合はプロの翻訳者に比べれば仕事の制約がずっと少なく、自分のやりやすいものだけを自由に選んでやっていけるというアドバンテージはありますけどね。僕は昔から、通常の「作家の副業」みたいなのがあんまり好きじゃないんです。対談をしたり、講演をしたり、連載エッセイを持ったりとかね。そういうことをしていると疲れます。翻訳の仕事には今のところ締め切りはないし、一人でできるから、人付き合いのストレスなんかも出てこないし、僕としてはいちばん害がなくてラクです。精神衛生的にとても良い。自分のペースで仕事が進められるし、エゴみたいなものをあまり前面に出さなくて済むし。だから、安易なほうに流れちゃうというか、ついつい翻訳に手が出てしまうんです。

翻訳をしていると、いろんな新しい体験ができるし、文章の勉強になるし、頭の訓練にもなるし、たぶんそれなりにかたちになって残るだろうし、おまけにいちおうはお金になるし、なにしろ良いことだらけです。仕事だから、もちろんあちこちで苦労みたいなのはありますが、そんなことで文句を言ってたらばちが当たる。中古レコード店を巡ることを別にすれば、ほかのひとつふたつのことを別にすれば、世の中にこれほど楽しいことはないですよ、ほんとに。

二〇一六年十月　東京・青山にて

寄稿　都甲幸治

教養主義の終りとハルキムラカミ・ワンダーランド

村上春樹の翻訳

村上春樹の翻訳とはどういうものか。この大きすぎる問いは二つに切り分けられる。今まで村上はどう訳してきたかと、何を訳してきたか、だ。一つ目の問いの答えはこれだ。村上は自分の読書経験と作家としての技術をフルに使って、細部の良さまで読者に伝わる訳文を心がけてきた。そして二つ目の答えはこうなる。彼は本当に自分で良いと思う作品を訳してきた。

こう言うと、当たり前だ、とあなたは思うかもしれない。しかし事態はそれほど単純じゃない。なぜなら村上が翻訳を始めたころは、彼のアメリカ文学観はきわめてマイナーなものだったからだ。現在ではこれを理解するのは難しい。なにしろ書店に行けば、村上本人や彼に影響を受けた訳者の翻訳本がずらりと並んでいるのだから。

しかしそれは、村上の文学観が日本市場において勝利をおさめたからに過ぎない。当時の状況がわかる資料がある。村上は一九七九年四月に『風の歌を聴け』で群像新人文学賞を獲り、単行本は七月に発売された。そして同年、文芸誌「カイエ」（冬樹社）八月号に彼の最初の翻訳、フィッツジェラルド「哀しみの孔雀」が掲載される。

その解説で村上はこう語っている。賞を獲ってからインタビューでフィッツジェラルドが好きだ、と言うと、どうしてあんな風俗作家の影響なんて受けたんですか、と怪訝な顔をされてしまう。「他人にも勧めてはみたが、誰も共感してはくれなかった。退屈だ、と言われた。だからそれ以来誰にも勧めない」（二二九頁）。要するに、当時は誰もまともにフィッツジェラルドを読んではいなかったのだ。

それでは人々は誰の作品を読んでいたのか。ヘミングウェイやフォークナー、新しいところではロスやヴォネガット、ブローティガンだ。なぜか。そのころ教養主義と、好きなものを好きに読めばいい主義がせめぎ合っていたのだ。教養主義とは、立派な人が書いた本を読めば自分も立派になれる、というやつである。それが文学に持ち込まれると次の三つになる。

1 作者が偉いから読む。ノーベル賞など、西洋人から与えられた権威があれば最高。フォークナーやヘミングウェイ、スタインベックなど。

2 前衛的で最先端だから読む。西洋の高名な批評家が素晴らしいと言う難解な作家は良いという価値観。ヌーヴォーロマンなど。

3 政治的に正しいから読む。マルクス主義の影響を受けた左翼の立場から、抑圧された少数派の作品を読むという価値観。黒人文学、フェミニズムに影響を受けた女性文学など。

で、好きなもの主義とは何か。これは大衆文化愛好家の姿勢だ。外国の音楽でも文学でも、好きな人が勝手に楽しみ、同好の人と分かち合えばいい、というものである。これがよくわかるのが雑誌「ハッピーエンド通信」(ハッピーエンド通信社ほか)だ。一九七九年四月から翌八〇年にかけて出ていたこの同人誌のような雑誌では、青山南、池澤夏樹、川本三郎といった面々が集まって、音楽、映画、SF、ミステリーなど、それぞれが好きなものについてわいわいと語っている。ちなみに村上春樹も一九八〇年二月号にフィッツジ

エラルド「失われた三時間」、八月号には「マイ・ロスト・シティー」の翻訳を載せている。湯村輝彦の描いたかわいいエンパイア・ステート・ビルのイラストが添えられているのも良い。

　教養主義がエリートのものであるのに対して、好きなもの主義は大衆のものだ。そして村上は初期から現在まで、創作や翻訳を通して教養主義を打ち倒そうとしてきた。文芸誌「海」（中央公論社）で彼は「同時代としてのアメリカ」と題して、一九八一年の七月から六回にわたり、文学や音楽、映画について語っている。これはキングやオブライエン、アーヴィング、チャンドラーなどを巡って展開された彼独自の文学論と言える。そこで彼の評価する文学作品の特徴は三つだ。

1　読んで面白い。その場合、偉い人が書いているとか、文章が前衛的だとかは評価しない。あくまで文章は読みやすく、ストーリーがはっきりしているほうがいい。

2　人種・階級・ジェンダーといった社会問題を扱っていても評価しない。そうした問題の欠如を問題視したり、ましてや苦悩したりしない。言い換えれば、左翼的な文学観を一切認めない。

3　国家の論理と闘っている。これは集団の持つ暴力を感じとり、それに対峙する姿勢と言ってもいい。

このうち三つ目が最も理解しにくい。ここに村上の政治性が表れているのだが、そもそも国家と対峙するのは左翼的な姿勢ではないのか。だがそうではない、と村上は言う。『ノルウェイの森』で主人公が語っているように、左翼の人々は時として自らの集団がもたらす暴力に鈍感だ。むしろ個人として、あらゆる組織の暴力性を批判するのが文学の責務である、と村上は考える。

村上は「海」一九八二年二月号でジョン・アーヴィングについてこう語っている。「彼の武器は読み易い文章、ユーモア、徹底したストーリー性、奇妙なメタファーである。それが大衆にアピールし、また同時に純文学筋の評論家から嫌われる原因にもなる」(二〇二頁)。それらはまさに、村上がその後に書いた作品群の特徴そのものだ。大衆文化愛好家としての村上は、好きなもの主義を文学の世界に導入しようとした。そして大衆にもアピールできる小説、という文学観に合う、フィッツジェラルドやアーヴィング、チャンドラーといった人々の作品を日本語に翻訳し、同時に彼らから学びながら作品を書いていった。したがって村上にとって翻訳とは、同好の人々と喜びを分かち合うためだけのものではない。彼が文学者として孤立していた日本語圏において、同志としての作家をヴァーチャルに増やすための活動でもあったのだ。

彼の語る国家の論理との戦いは、翻訳する作品を選定するうえでも大きな役割を果たしている。なぜなら、その多くで戦争が扱われているからだ。国家は必要とあらば個人をたやすく殺し得る。その極限的な形が戦争だ。オブライエン『本当の戦争の話をしよう』所収の「レイニー河で」の青年は、ベトナム戦争は間違っているとわかっていながら兵役を拒否できない。フィッツジェラルド『グレート・ギャッツビー』の主人公は第一次大戦帰りで、ときどき人を殺したことがありそうな目をする。『キャッチャー・イン・ザ・ライ』を書いたサリンジャーは第二次大戦で数々の激戦に参加した。そして彼らの作品と、国家や宗教教団について考える村上の小説世界は地続きだ。

さて、それでは村上がいかに翻訳を行っているかに移ろう。これはすでに彼自身が『グレート・ギャッツビー』（中央公論新社、村上春樹 翻訳ライブラリー版）解説で語ってしまっている。「僕はこの小説について僕がこれまで個人的に抱いてきたイメージを明確にし、その輪郭や色合いやテクスチャーをできるだけ具体的な、触知できる文脈でみなさんに差し出すことを目的として、この翻訳をおこなった」（三三二頁）。きちんと原文を読み、五感全部を用いて捉えたイメージを正確に言葉に移すべく、小説家として磨いた技量のすべてを投入する。柴田元幸などの優秀なブレーンに助言を仰ぎながら、少しでも正確性を上げようと努める。その結果として、読者を心底震わすことのできる翻訳が生まれた。たとえばこの村上訳の『グレート・ギャッツビー』だが、僕はこれほど感動的な翻訳を知らない。全体としてわかりやすい訳文になっているが、一つ一つの言葉の選び方が繊細かつ的確で、それにより生まれる文章の揺れを通して原文の微妙な息遣いまでが読者に生々しく伝わってくる。作品理解、注入された愛情、翻訳の技術など、すべてが最高水準にある。

さて現在、教養主義は力を失い、村上の文学観は広く常識になった。それでは村上以降の翻訳はどうなるのだろう。池澤夏樹編の『世界文学全集』（河出書房新社）がヒントとなる。古典でも前衛的でも政治的でも、自分が面白いと思えばとにかく読む。要するに、村上の好きなもの主義から、頑《かたく》なさを抜いたものが今後の主流になると思う。これは村上がやってきたことの否定ではなく、むしろその更なる徹底だ。そして彼に感謝しつつ、読者一人一人が自立して作品を選んでいく、ということだ。

もし世の中に「翻訳の神様」みたいなものがおられるとすれば、
僕はたぶんその神様を祀った神殿なり神社なりを、
どこかに建てなくてはならないのではないか。
いつもそのように考えている。

——村上春樹

初出について
「サヴォイでストンプ」は「ハッピーエンド通信」一九八〇年四月号に掲載、『象工場のハッピーエンド』（新潮文庫、一九八六年）に収録されました。
その他はすべて、本書のための書き下ろしです。

装幀　坂川栄治＋鳴田小夜子（坂川事務所）
本文・カバー写真　大社優子
編集協力　星野真理

村上春樹

1949年生まれ。日本を代表する小説家であると同時に、アメリカ文学の優れた読み手として、カポーティ、フィッツジェラルド、カーヴァー、オブライエン、ペイリー等の作品を手ずから翻訳し、精力的に紹介してきた。「村上春樹 翻訳ライブラリー」シリーズ、『キャッチャー・イン・ザ・ライ』（サリンジャー）、『極北』（M・セロー）、『Novel 11, Book 18』（ソールスター）、『結婚式のメンバー』（マッカラーズ）、『プレイバック』（チャンドラー）など訳書多数。

村上春樹《むらかみはるき》 翻訳《ほんやく》（ほとんど）全仕事《ぜんしごと》

2017年3月25日　初版発行

著　者　村上《むらかみ》 春樹《はるき》
発行者　大橋 善光
発行所　中央公論新社
〒100-8152　東京都千代田区大手町1-7-1
電話　販売 03-5299-1730　編集 03-5299-1920
URL http://www.chuko.co.jp/

DTP　嵐下英治
印　刷　三晃印刷
製　本　大口製本印刷

Published by CHUOKORON-SHINSHA, INC.
Printed in Japan　ISBN978-4-12-004967-5 C0095